DÖRLEMANN

Jack Trevor Story

Immer Ärger mit Harry

Roman

Aus dem Englischen von
Miriam Mandelkow

DÖRLEMANN

Dieses Buch ist auch als DÖRLEMANN eBook erschienen.
ISBN eBook 978-3-03820-954-6

Alle deutschsprachigen Rechte vorbehalten
© 2018 The Estate of Jack Trevor Story,
in arrangement with New World's Publishing
© 2018 Dörlemann Verlag AG, Zürich
Umschlaggestaltung: Mike Bierwolf unter Verwendung
von Illustrationen von jannivet und Minerva Studio,
beide Shutterstock.
Satz: Dörlemann Satz, Lemförde
Druck und Bindung: CPI – Clausen & Bosse, Leck
ISBN 978-3-03820-054-3
www.doerlemann.com

Ein Ort für die Toten

Der kleine Junge namens Abie ging den Waldweg hinauf, der nach Sparrowswick Heath führte. Der Junge neigte sich im spitzen Winkel zum steinigen steilen Weg, eine Spielzeugflinte fest unter den linken Arm geklemmt. Seiner Miene war anzusehen, dass er wusste, wohin er ging und warum. Man merkte, dass er diesen Weg kannte und wusste, wohin er führte; dass er keine Schrecken für ihn bereithielt, auch wenn die Bäume sich von allen Seiten dicht und buschig um ihn schlossen, weiter, als er blicken oder die Sonne hindurchdringen konnte. Man merkte, dies war sein Jagdrevier: Wenn hier einer Angst verbreitete, dann er. Was im dunklen Wald lauerte, fürchtete Abie nicht, es fürchtete Abie. Abie war vier; kräftig, vierschrötig sah er aus in seiner langen Latzhose, Entschlossenheit lag auf seinem rotbraunen Gesicht, und der akkurate Scheitel, der von rechts quer über den Kopf nach links verlief, verriet Abenteuergeist. Außerdem hatte Abie seine Flinte.

In der heißen Sommersonne erstreckte sich anmutig und golden die Heide hinter dem Waldsaum, bedeckt von einem Bodenschleier aus mannshohem Farnkraut in all seinen gefälligen Grüntönen. Hier und da war der Farn unterbrochen von Lichtungen aus seidigem Gras, fein wie Frauenhaar und ebenso einladend. Ehrwürdig und stumm standen auf den Hügeln, in den Tälern und an den Hängen die großen Bäume: die Eichen, Buchen, Kastanien, Birken und Eschen. Ringsherum schwärmten wie Kinder die jungen Bäume aus: kleine strubbelige Eichen und vorlaute Eschen, stacheliger Ginster, Schlehen, Rhododendren und Edelkastanien. Und elegante kleine Weißbirkensprösslinge, spärlich belaubt und die Äste gespreizt mit der Selbstverständlichkeit einer erlesenen Schaufensterauslage.

Sparrowswick Heath war der Welt entzogen, ein verstohlener, abgelegener Ort. Nicht zu hören, nicht zu sehen und vor allen Vehikeln sicher. Ein Ort für die Lebenden und die Toten. An diesem Nachmittag eher für die Toten.

Es war zudem ein Ort der Bungalows, disparat und billig gebaut. Sie standen kreuz und quer im Wald herum, durch den Abie gerade gekommen war, dort hingebaut, mit Vorsatz und Gewinnstreben, von einem gewissen Mark Douglas.

Abie trat aus dem dunklen Tunnel des Waldwegs in die goldene Landschaft, die Ohren sogleich gespitzt auf das Hochwild, das sich im Riesenfarndickicht tummelte. Seine kleinen Füße traten lautlos auf die federnde dünne Grasnarbe, ein behutsamer Spezialschritt, den er sich selbst ausgedacht hatte.

Plötzlich zerriss ein donnerndes Krachen die sanft summende Stille und ließ alles erbeben und erzittern. Vor allem Abie. Abie wusste, dass es der neue Captain auf der Jagd nach Wild war – trotzdem! Er wirbelte zweimal um sich selbst, dann sauste er flink wie Wild ins Farnkraut.

Schon saß er auf einer grünen Lichtung, vom Farn umschlossen, und lauschte. Das Gesicht hatte er zu dem hellblauen Flecken Himmel erhoben, der so hoch oben war, dass er kaum eine Rolle spielte, und die Augen waren groß und rund vor Wachsamkeit. Der neue Captain war ein draller, fideler Mann, der ihn nicht absichtlich erschießen würde, das wusste Abie. Doch wusste er auch, dass der neue Captain auf Kaninchen aus war, und ein kleiner, durch Farnkraut kriechender Junge war einem Kaninchen nicht ganz unähnlich.

Dann kam ein zweiter Schuss. Näher diesmal, und der kleine Junge meinte ihn über seinen Kopf pfeifen zu hören. Da fasste er einen Entschluss. Er beschloss, sich zurückzuziehen und das Wild dem neuen Captain zu überlassen. Abie hatte zum Jagen alle Zeit der Welt, schließlich ging er noch nicht mal zur Schule, während der neue Captain häufig in die Stadt musste, und ein solcher Mittag war wahrscheinlich kostbar für ihn.

Abie rutschte auf dem Bauch durchs Gesträuch. Das war keine bequeme Art der Fortbewegung, denn die Flinte musste irgendwie mitgeschleift werden, und die stoppeligen Stängel vom Vorjahr piekten ihn unablässig.

Als er gerade den Weg erreichte, der in den Wald zurückführte, hörte er vorn im Farnkraut einen Aufruhr. Plötzliches Stimmengewirr. Rufen und Grunzen und weibliche Empörung. Die Männerstimme klang gedämpft wie von heftigen Gefühlen, die Frauenstimme erstickt wie von einem Tuch oder einer Hand. Abie waren die Laute egal, er wusste nur, dass er sie meiden musste. Er hatte einen ziemlich scharfen Verdacht, was er vorfinden würde, wenn er noch zwei Minuten in dieselbe Richtung weiterkroch. Ein Liebesnest. Wie das Nest, das er vor ein paar Tagen aufgestört hatte – oder einer Woche, einem Jahr; oder morgen? Abie war schnell verwirrt von derlei Dingen. Er wusste nur, dass er dieses Liebesnest so weiträumig meiden musste wie das Gewehr des neuen Captains. Liebende mochten keine kleinen Jungen. Neulich war Abie von ihnen ausgesprochen schäbig behandelt worden. Da hatte es sich um die Mutter von George gehandelt und den Mann, der die Miete eintrieb, und sie hatten ihn beschimpft und geohrfeigt und fortgescheucht. Wieso, wusste er nicht. Beim Jagen hatte er sie jedenfalls nicht gestört, sie hatten ja gar keine Gewehre dabeigehabt. Sie hatten einfach nur dagelegen und sich angesehen. Und als er das seiner Mutter erzählte, hatte sie ihm erklärt, er sei auf ein Liebesnest gestoßen, und solche solle er meiden. Das hatte er vor, und zwar ab sofort.

Dann drangen die Laute erneut durchs Gebüsch, und es klang wie ein Hundekampf unter einer Decke. Gedämpft, doch rabiat. Etwas traf auf etwas anderes. Holz auf Holz vielleicht. Darauf folgte ein sehr ungezogenes Schimpfwort, ganz und gar nicht gedämpft oder wie unter einer Decke. Abie hielt inne und lauschte, und die Wörter, die er vernahm, würden ihm in den kommenden Jahren viel Neid im Kindergarten eintragen.

»Na schön«, sagte eine Männerstimme. »Du hast es so gewollt!«

Abie wollte weiterkriechen, doch ein weiterer Schuss hielt ihn auf, und diesmal flogen die Schüsse wirklich knapp über seinem Kopf durchs Farnkraut. Sie schienen nichts mit dem zu tun zu haben, was wenige Meter vor ihm im Dickicht geschah, doch die beiden Ereignisse waren verbunden durch den Mittag und das hämmernde Herz des kleinen Jungen.

»Da!«, sagte die Frauenstimme. »Bitte sehr, Wüstling!«

Abie duckte sich, kam jedoch zu dem Schluss, dass sie nicht ihn gemeint hatte. Also trat er kühn aus dem Gestrüpp.

Das Geräusch hatte die Frau wohl aufgeschreckt, denn nach scharfem Einatmen und ein, zwei Schluchzern hörte Abie, wie Farn gedankenlos niedergetrampelt wurde, als sich jemand kopflos davonmachte.

Kurz darauf fand der kleine Abie den Mann.

Der Mann lag auf dem Rücken, und Abie wäre beinahe auf ihn getreten. Ein großer Mann mit Schnurrbart und welligem Haar. Er lag da, starrte in den Himmel und rührte sich nicht. Aus seinem Kopf sickerte Blut. Es rann aus einer Wunde über einem Auge und durchtränkte langsam seinen weißen Kragen. Abie starrte eine Weile auf ihn herab in der Erwartung, ausgeschimpft zu werden. Dann klemmte er sich die Flinte unter den linken Arm und ging weg, ohne sich um seinen Spezialschritt zu kümmern, nur darauf aus, durch den Wald und nach Hause zu kommen.

Leiche im Farn

Der neue Captain saß auf dem untersten Ast einer Eiche, ein kurzes Bein baumelte zur einen, eins zur anderen Seite. Er hielt ein Zweiundzwanziger-Gewehr im Arm und eine Pfeife unbekannten Kalibers zwischen den Zähnen. Ein stämmiger kleiner Mann mit schwarzem, drahtigem Haarschopf und einem zerfurchten, frisch rasierten braunen Gesicht. Ein Seebär mit den unschuldigen Augen eines kleinen Kindes. Ein Mann, der in einer Frau den Beschützerinstinkt weckte, in einem Kind Vertrauen, Furcht im Feigling und dunkle Vorahnungen im Geschäftsmann. Ein Mann, der die Welt kannte, ohne je mehr gesehen zu haben als ihre Ausläufer in Ufertavernen – denn der neue Captain war weder neu noch im engeren Sinne Kapitän. Der neue Captain war Mr Albert Wiles, Themsekahnführer im Ruhestand. Er war kein Scharlatan oder Heuchler, denn den Titel, unter dem er in Sparrowswick bekannt war, hatte er sich nicht selbst ausgesucht. Mr Mark Douglas, Grundbesitzer, Vermieter und Plünderer von allem Schönen, hatte ihn zum Captain gemacht. Albert Wiles war zum Captain gemacht worden, weil Sparrowswick einen brauchte. In einem der kleinen Bungalows hatte es immer einen Captain gegeben und würde es immer einen Captain geben. Außerdem war der für Seebären reservierte Bungalow ein veritables kleines Schiff. Es schwankte auf unsicheren Stelzen inmitten des wogenden Gesträuchs, und statt Fenstern hatte es Bullaugen. Darüber hinaus hieß es »Das Schiff«. In einem solchen Bungalow musste doch wohl ein Seefahrer wohnen. Ein Mann aus den einsamen wässrigen Gefilden der Welt. Ein Wanderer. Ein Lieferant von Salz und flatterndem Segeltuch; ein Captain.

So lag es doch auf der Hand, dass Mr Mark Douglas, als Albert Wiles wegen der Anmietung eines Bungalows in Sparrowswick Heath mit abgewetzter Schirmmütze und dem Geruch der Tiefsee bei ihm vorstellig wurde, ihn im Geiste umgehend im Captain-Bungalow verortete. Und es lag auf der Hand, dass Captain Wiles, nachdem der vorherige Captain – ebenfalls ein Mann von zweifelhaftem Rang – dem Drang seiner Kindheit folgend erneut zur See gestrebt war, von allen Menschen der Siedlung der neue Captain genannt wurde.

Captain Wiles saß also auf dem untersten Ast einer Eiche in Sparrowswick Heath in der warmen Nachmittagssonne. Er paffte sein Pfeifchen, schwitzte und hielt Ausschau nach Kaninchen. Er war nicht im wahren Wortsinn ein guter Jägersmann, denn obwohl er gut zielen konnte und mehr Ratten erlegt hatte als irgendjemand sonst zwischen Battersea und Woolwich, war er sich ganz und gar nicht sicher, wie ein lebendiges Kaninchen überhaupt aussah. Geschweige denn ein Fasan oder ein Hase. Das einzige Wild, mit dem er vertraut war, hing an Haken vor der Fischerei am Blackwall Tunnel, und sich vorzustellen, wie diese steifen, stumpf dreinblickenden Dinger in diesem wundersamen Land umherhüpften, war nahezu unmöglich. Dennoch hatte Captain Wiles drei Schüsse auf bewegliche Objekte abgefeuert, bei denen es sich *möglicherweise* um Kaninchen, Fasane oder dergleichen handelte, und bald würde er durchs Farnkraut stapfen, um sich das Ergebnis anzuschauen.

Derweil ließ es sich angenehm sitzen, schauen und warten. Es war angenehm, dem Summen der Bienen im Heidekraut zu lauschen und dem Tschirpen eines Vogels über seinem Kopf, der klang, als hätte er soeben seine Mahlzeit beendet und würde nun mit einer Gabel über den leeren Teller schrappen. Es war angenehm, in dieser wilden, rauen, doch gemütlichen Welt zu leben. Angenehm, sie für sich zu haben. Der Bungalow war ja durchaus ruhig, hier jedoch herrschte mehr als Ruhe. Hier klopfte man an die Himmelspforte und hoffte, nicht gehört zu werden. Captain Wiles ließ den Blick über den Farn schweifen und nickte, zufrieden, diesen Teil der Heide für sich zu haben.

Der Captain hatte seinen ersten Jagdausflug nicht vergessen. Ein paar Tage nach seinem Einzug hier im Dickicht hatte er auf etwas geschossen, das er für einen wandernden Fasan hielt. Es hatte sich jedoch als ein kriechender Freddy Grayson entpuppt. Mr Grayson war am Abend mit einer durchlöcherten Mütze in der Hand und

Zorn im Blick bei ihm erschienen. Er hatte Captain Wiles ein paar Takte über die Risiken der Jagd erzählt. Er hatte Captain Wiles eine Menge unverblümter Direktheiten serviert und mit dem Ratschlag geendet, sich doch lieber an ein Paar Paddel zu halten. Der Captain hatte gelobt, nie wieder in der Nähe kleiner Jungen zu schießen. Insofern war er froh, dass die Heide heute Mittag verlassen war.

Als der letzte Schuss längst über den Hügeln verhallt war, schwang sich Captain Wiles behände vom Ast auf den Boden. Er klopfte sich die Borkenrinde von der Flanellhose und schritt den Weg entlang, um seine Beute zu begutachten.

Als Erstes fand er eine weiße Papiertüte mit einem klebrigen Anisbonbon in einer Ecke und einem sauberen Zweiundzwanziger-Loch in der anderen.

Grunzend ging er weiter.

Er erinnerte sich, dass er seinen zweiten Schuss auf etwas abgegeben hatte, das sich in der Nähe eines großen Ginsterballens geregt hatte. Er hatte exakt vor Augen, wo das bewegliche Objekt gewesen und wohin sein Schuss gegangen war. Und siehe da, genau dort, halb verborgen vom Stechginster, fand er einen warmen, aber toten Igel. Schniefend daneben zwei Baby-Igel. Zwei kleine, braune, stachlige Dinger, zu jung, um richtig zu sehen, leise quiekend wie echte Babys.

Der Captain blickte auf die beiden hinunter. Sein braunes Gesicht war ganz bestürzt. Sein Herz, das sich schon an einer Fülle toter Ratten ergötzt hatte, weinte um diese tote Mutter, um diese Waisenkinder. Einen Augenblick bedachte er das Gewehr in seiner Hand mit einem Blick, der seine Zerstörungskraft unermesslich erscheinen ließ. Seufzend setzte er seinen Weg zum dritten Ziel fort.

Erneut führten ihn seine unschuldigen scharfen Augen geradewegs zur richtigen Stelle. Und diesmal ließ ihn sein Fund erzittern. Er taumelte rückwärts an eine junge Esche, die unter seinem Gewicht nachgab.

»Grundgütiger!«

Der Tote lag genau so da, wie Abie ihn gesehen hatte. Gesicht, Schnurrbart, welliges Haar, Blut. Alles da.

»Herrgott im Himmel!«, sagte Captain Wiles. »Ich habe ihn erledigt!«

Hektisch blickte er um sich und sah nur Bäume. Und von jedem Baum baumelte eine Schlinge. Jeder Baum, bis zum fernsten Horizont, war in seinen Augen zum Galgen geworden. Seine Mutter hatte immer gesagt, früher oder später werde er hängen, und nun war später. Als er gerade manierlich durchs Leben gelangt war. Als er sich gerade auf einen friedlichen Ruhestand freute. Die vielen Male, die er sich zusammengerissen hatte und Keilereien ausgewichen war! Die Hunderte von Malen, die er Tiger Wray hatte umbringen wollen – und einzig davon abgelassen hatte, um seine Mutter Lügen zu strafen und das schlichte englische Landleben zu genießen. Und jetzt dieser harmlose Paff auf ein Karnickel, und schon war er ein Mörder. Ein Mörder. Er stöhnte. Kein schlechter Schuss, aber Himmel Herrgott!, jetzt hatte er es doch getan. Er war fällig.

»Was zum Teufel hast du hier auch verloren?«, fragte der Captain die Leiche. Wieder stöhnte er.

Er fühlte dem toten Mann den Puls, eher aus Höflichkeit denn aus irgendeinem anderen

Grund. Dann fingerte er durch seine Taschen. Er fand einen leeren Briefumschlag, adressiert an »Mr Harry Worp, Eastfield siebenundachtzig, Fulham«.

»Tja«, sagte der Captain stoisch, »du bist weit weg von zu Hause, Kumpel. Und kehrst nie wieder. Ruf die Polizei, Albert.« Diese letzte Bemerkung richtete sich an ihn selbst. Nachdem er sie vernommen hatte, stand er auf und ging zum Wald, nach Hause. Währenddessen suchte er nach einem Ausweg, und er fand ihn.

Abrupt blieb er stehen und drehte sich zum prächtigen Grün um, das sich vor ihm erstreckte. Er konnte den Farn nur knapp überblicken, und auf ihn wirkte er noch mehr wie ein Dschungel als auf einen größeren Mann.

»Dieser ganze Dschungel«, sagte er, »und eine kleine Leiche …«

Er ging wieder zurück und blickte einen Augenblick auf den Mann hinunter. Er war groß, aber das Gras war nach langer Dürre seidig. Der Captain betrachtete das Gesträuch ringsum. Er suchte nach einer geeigneten Stelle, die die Leiche verbergen würde, nicht nur im üppigen Sommer, sondern auch im kargen Winter. Kurz darauf entdeckte er einen riesigen Rhododendron, der seine nächstjährigen Knospen hoch in den Himmel reckte und rundum seine immergrünen Röcke schwang.

Kurzerhand bückte er sich, packte die Fußgelenke des Mannes wie die Griffe einer Schubkarre, und den stämmigen Körper vorwärts hievend trat er die Reise durch den Farn an, dem Rhododendron entgegen, der für alle Zeit als Grab dienen sollte.

Komplizenschaft

Bevor Captain Wiles mit seiner Last die halbe Strecke zum Rhododendron geschafft hatte, tauchte unvermittelt und unerklärlich mitten auf dem Weg eine Frau vor ihm auf. Die kurzen Arme nach hinten gereckt, die kurzen Beine vorwärts strebend und das grimmige Gesicht im Kragen vergraben, bemerkte der kleine Mann seine Zuschauerin erst, als sein Kopf sich in ihren Bauch zu bohren drohte.

»Captain Wiles!«, sagte die Frau.

Der Captain ließ die Fußgelenke des Toten fallen und stand stramm. In dem Moment war Captain Wiles nicht ganz bei sich. Er blickte der Frau ins Gesicht und ließ den kitzligen Schweiß ungehindert über seine Nase rinnen.

»Jawohl, Ma'am«, sagte er.

Die Lady blickte auf die Leiche. Dann blickte sie auf das Gewehr des Captains, das er sich irgendwie in den Hosenbund gesteckt hatte. Sie sagte: »Frisch von der Jagd?«

Da die Unterhaltung nun begonnen hatte, lösten sich des Captains Nerven einen Tick oder zwei. Er schob sich das Gewehr etwas bequemer zurecht und wischte sich mit dem Handrücken den Schweiß vom Gesicht. Dann blickte er auf den Mann hinab wie auf ein gewisses Ärgernis.

»Ja«, sagte er. »Kleiner Unfall. Er ist tot.«

Die Lady stupste die Leiche sachte und ein wenig angewidert mit der Schuhspitze an. »In der Tat«, bemerkte sie.

Der Captain leckte sich die Lippen. Was er nun genau als Nächstes sagen sollte, wusste er nicht. Dies war also Miss Graveley. Eine Lady, die er bisher nur aus der Ferne kannte. Eine Lady, die jeder, gewiss jeder Mann, nur aus der Ferne kannte. Eine reservierte Lady. Eine Männerhasserin mittleren Alters. Eine Jungfer aus Neigung und Überzeugung. Miss Graveley aus der »Oase«, die hinter Stockrosen neben dem »Schiff« stand. Miss Graveley, die Mr Douglas als eingefleischte Jungfrau bezeichnet hatte.

»Kennen Sie ihn, Ma'am?«, fragte der Captain besorgt.

Miss Graveley schüttelte den Kopf. Sie betrachtete das Gesicht der Leiche im weichen Gras. »Was haben Sie mit ihm vor, Captain?«, fragte sie. Sie sprach, als wäre der Körper eine Trophäe und als erwartete sie, dass der Captain ihn in eine Glasvitrine stellte.

Captain Wiles nahm seine Angst und schleuderte sie in den Farn. »Verstecken. Zudecken. Vergessen«, krächzte er heiser.

Miss Graveley schien einen Augenblick darüber nachzudenken, und der Captain forschte in ihrer Miene nach einer Reaktion, wie ein Schuljunge in der Miene seiner Lehrerin vor einer wichtigen, schulfrei verheißenden Ankündigung forschen mag. Schließlich sagte die Lady: »Meinen Sie nicht, Sie sollten die Polizei rufen, Captain?«

»Nein!« Captain Wiles war entschlossen. Flugs ließen die Bäume ringsum wieder ihre Schlingen baumeln. Der kleine Captain packte Miss Graveley am Arm. »Vergessen Sie, dass Sie mich gesehen haben, Ma'am! Vergessen Sie alles, um Himmels willen! Es war ein Unfall. Ein Unfall. Er lag im Farn. Woher sollte ich das wissen?

Der führte bestimmt nichts Gutes im Schilde. Nicht verraten, Ma'am.«

Ein leises Lächeln stahl sich ins Gesicht der Lady, während der Captain sich in nackte Panik hineinsteigerte. Sie nahm seine Hand weg und trat beiseite. »Tun Sie, was Sie für das Beste halten, Captain. Sicher haben Sie auf Ihren Reisen in fremde Länder schon viele derartige Situationen erlebt. Ich verrate bestimmt nichts. Welch ein Missgeschick.«

Der Captain gewann seine Fassung wieder und streckte die Brust heraus. »Ich habe durchaus schon Schlimmeres erlebt«, gab er zu. »Viel Schlimmeres. Ich weiß noch, als ich auf dem Orinoco ...«

»Sollten Sie nicht ... hm ... das da ... weg ...?«

Captain Wiles spuckte in die Hände und ergriff erneut die Fußgelenke des Toten. »Sie haben recht, Ma'am. Wissen Sie was? Ich freue mich, dass ich Sie getroffen habe. Ich bin erleichtert, wo ich es jetzt jemand erzählt hab. Komisch, nicht?«

»Schön, dass ich behilflich sein konnte«,

sagte Miss Graveley. »Vielleicht möchten Sie hinterher auf einen Tee vorbeikommen?«

Der Captain blinzelte. Die war gar nicht so übel. Außerdem ansehnlich, irgendwie: schöne graue Augen, üppiges dunkles Haar …

»Ja, ein Tässchen wäre prima«, sagte er. »Wann?«

»Fünf Uhr?«

»Okey doke«, sagte der Captain. Er schleifte die Leiche weiter den Weg hinunter. »Sie sollten jetzt besser weiter. Wollen ja nicht zur Komplizin werden.«

»Dann auf Wiedersehen, Captain Wiles.«

»Dingeling«, sagte der Captain und warf sich ins Geschirr.

Schnell nach Hause, Kuchen essen!

Als Miss Graveley fort war und der Captain gerade den Rhododendron erreicht hatte, hörte er einen kleinen Jungen rufen. Der Captain blickte über die Schulter und sah zu seinem Schrecken an einer Biegung des Weges, den er soeben überquert hatte, den Scheitel einer Frau über dem Farn. Es blieb keine Zeit, den Körper ins Gestrüpp zu ziehen, also tat der Captain das Nächstbeste und versteckte seinen eigenen Körper unter dem Rhododendron. Umgehend vernahm er einen Triumphschrei, gefolgt von schnellen Schritten.

»Nicht anfassen!«, ertönte eine leise Frauenstimme. »Nicht anfassen, Abie!«

»Nein, Mummy«, sagte ein atemloser Abie, als er bei der Leiche ankam, seine kleine Flinte im Anschlag.

Der Captain lag auf dem Bauch und spähte unter dem dichten Laub hervor. Er verfluchte sein Pech. Den ganzen Mittag über war er allein gewesen, und jetzt, da er allein sein wollte, wurde er von unnötigem Volk bedrängt.

»Hab ich doch gesagt, immer dem Blut nach!«, rief Abie aus, als seine Mutter hinzukam. »Hab ich doch gesagt, oder?«

Abies Mutter zog beim Anblick des blutigen Gesichts eine Grimasse. Auf einmal rief sie: »Mein Gott! Harry!«

Captain Wiles' Herz verwandelte sich in Hüttenblei. Die Chance, dieses Wesen diskret und manierlich zu verstecken, war nun dahin. Sie kannte es. Es hatte einen Namen. Es hieß Harry. Wahrscheinlich erinnerte sie sich daran, wie es sprach und ging und atmete und Totoscheine ausfüllte. Bestimmt würde sie nicht zustimmen, wie Miss Graveley es so bereitwillig getan hatte, es für immer unter dem Rhododendron zu verstecken. Und sowieso würde dieser kleine Junge quatschen. Nein, nun konnte er genauso gut reinen Tisch machen. Der Captain fuhr sich mit dem Finger über die Gurgel.

»Harry!«, hauchte die junge Frau wieder, kniete nieder und blickte in das tote Gesicht. »Gott sei Dank!«

Diese drei schlichten Worte nun versetzten den Captain in beträchtliches Erstaunen. Er sah der jungen Frau gründlich ins Gesicht und konnte keinerlei Trauer erkennen. Tatsächlich lächelte sie, als erwartete sie halb, dass die Leiche ihre Belustigung teilte.

»Das Ende von Harry«, sagte sie.

»Wer ist das, Mummy?«, fragte der kleine Junge.

»Weißt du nicht mehr?« Die Frau zog ihn näher heran, damit er besser sehen konnte. »Erinnerst du dich nicht, Abie?«

Der kleine Junge betrachtete eingehend das Gesicht, dann schüttelte er den Kopf. »Wozu liegt er da rum?«, fragte er.

»Er schläft«, sagte Abies Mutter. »Er schläft ganz tief. Wunderbar tief und fest.«

»Wie hat er sich den Kopf gestoßen?«, fragte der kleine Junge.

»Indem er ihn dort hineingesteckt hat, wo er nicht erwünscht war, nehme ich an«, sagte die Mutter fröhlich.

»Wird er wieder gesund?«

Die junge Frau stand auf. Im Sonnenlicht sah

bitte frankieren

DÖRLEMANN Verlag AG
Neptunstraße 20
CH-8032 Zürich

www.doerlemann.com

Liebe Leserin, lieber Leser –

wir hoffen, dieses Buch hat Ihnen gefallen. Wir halten Sie gerne über unser Programm auf dem Laufenden. Senden Sie uns eine Mail mit Ihrer Adresse an: verlag@doerlemann.com oder schicken Sie uns diese Karte ausgefüllt zurück.

Name:

Straße:

PLZ, Ort:

E-Mail:

»Ich bestehe darauf, dass ihr dieses Buch so bald wie möglich lest. Ich bin zufällig darauf gestoßen –, und es hat mich dermaßen beeindruckt, dass ich sofort an Hatchards geschrieben und zwei Dutzend bestellt habe. Ich habe mir vorgenommen, es jedem zu schenken, dem ich begegne.«

Francis Wyndham, Der andere Garten
Deutsch von Andrea Ott

sie hübsch aus. In jedem Licht hätte sie hübsch ausgesehen. Der Captain war froh, dass er Harry getötet hatte, wenn er dieser Frau so viel Freude, Glück und Schönheit bescherte. Bei ihrem bloßen Anblick tanzte des Captains Herz vor Freude. Ein wunderbares, heiteres junges Ding im Sonnenschein eines wunderbaren, heiteren Tages. Ein wunderbarer, heiterer Junge in einer wunderbaren, heiteren Welt. Der Captain lag wunderbar heiter dort auf seinem Schwabbelbauch mit dem braunen Gesicht auf den Händen und den unschuldigen Kinderaugen auf der schönen jungen Frau.

»Ich glaube nicht, dass er wieder gesund wird«, sagte die junge Mutter erfreut. Sie nahm ihren Sohn bei der Hand. »Komm, Abie, wir gehen nach Hause, Kuchen essen!«

Als sie nach Hause liefen, um Kuchen zu essen, und den Toten seinem starren Blick in den hellblauen Himmel überließen, robbte Captain Wiles unter dem Strauch hervor. Das Gewehr, das er sich in den Hosenbund gesteckt hatte, bohrte sich ungemütlich in seinen Oberschenkel. Allmählich konnte er sich glühend erwärmen für die Menschen in den Bungalows von Sparroswick. Seine Nachbarn. Der erste Eindruck, ausgehend von Mr Grayson, dem Vater des Jungen, dessen Mütze er ruiniert hatte, war irreführend gewesen. Mr Grayson war offensichtlich nicht repräsentativ für Sparrowswick. Es war unschwer zu erkennen, dass Abies Mutter sich nicht darum scherte, wo die Leiche abblieb; der kleine Junge würde es vergessen – außerdem war er zu jung, um den Tod zu begreifen –, und Miss Graveley würde nichts verraten. Miss Graveley billigte ihn. Ausgerechnet ihn, von allen Männern.

Als der Captain sich unter dem Strauch hervorzog, kam ein Mann den Weg hinaufgehetzt. Der Captain duckte sich schnell wieder. Doch war er überzeugt, dass man ihn gesehen hatte.

Der Mann kam angerannt. Es war ein großer, dünner Mann in einer weißen Leinenhose und mit einem uralten Panamahut. Sein Gesicht war hager, beinahe ausgemergelt, und die Augen hinter Brillengläsern groß und gierig. Er sah den Captain nicht, weil er einen Schmetterling jagte. Er jagte einen großen, seltenen, prachtvollen Schmetterling. Er sah weder den Captain noch die Leiche, stolperte folglich über die Leiche und fiel der Länge nach hin, sodass sein Kescher unter dem Rhododendron landete, wenige Zentimeter vor der Nase des Captains.

Langsam, untröstlich kam der große, dünne Mann auf seine dürren Beine. Ohne die Leiche zu beachten, suchte er seinen begrenzten Horizont nach dem Schmetterling ab. Dem Captain wurde deutlich, dass die Leiche, wenn ihr nicht urplötzlich bunte Flügel wuchsen, keine Chance auf Entdeckung hatte. Plötzlich flatterte der Schmetterling, der gnädig darauf gewartet hatte, dass sein Verfolger sich wieder berappelte, von einem Blatt im Rhododendronstrauch auf, und im Nu waren der dünne Mann und der Schmetterling wieder über die Heide verschwunden, der Schmetterling munter voran.

Der Captain legte einen Augenblick das Gesicht auf die Hände, um sein pochendes Herz zu beruhigen und wieder zu Atem zu kommen. Dies war wirklich sein Glückstag.

»Heiliger Strohsack!«

Der Mann und die Blondine

Der Tag wurde älter und wärmer. Der Farn, die Farnfelder, die vielen Ebenen, Täler und Anhöhen voller Farn lagen unter einem flirrenden Hitzedunst. Der Farn, der tiefe, glänzende Rhododendron, die Kastanien, das Heidekraut und das feine weiche Gras, die ganze Heide atmete sichtbar und warm. Der Nachmittag wurde alt und warm und reif.

Captain Albert Wiles wurde müde und heiß und klebrig. Für gewöhnlich schlief er um diese Zeit und schnarchte. Seine Atmung war bereits in Gähnen übergegangen. Die Leiche, die vernachlässigt auf dem sonnigen breiten Weg lag, wurde steif und zog Fliegen an. Der Captain beschloss, sie ein für alle Mal loszuwerden.

Mit diesem Vorsatz kroch er unter dem Strauch hervor, da erhob sich ein Knistern und Krachen aus dem Unterholz. Mit einem Seufzer – einem geduldigen, verzagten Seufzer – robbte der Captain zurück in sein Versteck.

Kaum hatte er sich zurückgezogen, Kopf auf den Händen, Steiß in die Höh, Knie untergefaltet, kam ein Landstreicher um die Ecke und starrte auf die Leiche hinab. Es war ein sehr englischer und schmutziger Landstreicher. Ein Landstreicher, der nach Absteigen und Heuhaufen duftete. Ein Landstreicher, der alle Grafschaften Englands elegant in sich aufgenommen hatte. Das Schilf der Fens beschirmte seinen Kopf; sein Gesicht war vom lehmigen Braungrau des Black Country; seine schmutzumringten Augen bargen das Schlammwasser der Upper Thames; seine Jacke war ein Überbleibsel einer Nacht – nicht seiner Nacht – im Dorchester, während seine Hose verwoben war mit dem Stroh der Cotswolds. Er war der vollkommene Landstreicher – zumindest fast vollkommen. Er hatte alles, was einen erfolgreichen Landstreicher ausmachte, außer Schuhen. Seine Füße waren lediglich in mehrere Lagen Schmutz gehüllt.

Eine Weile starrte er auf die Leiche. Stieß sie mit dem Fuß an. Beugte sich über sie und spuckte ihr ins starre Auge. Kein lebendes Auge hätte dies ohne ein Blinzeln ertragen, also war's der

Landstreicher zufrieden. Und zufrieden setzte er sich neben die Leiche und band ihr die Schuhe auf.

Captain Wiles bekam alles mit, und hatte ihn der Anblick der glücklichen jungen Mutter froh gestimmt, ein Mörder zu sein, so bedauerte er beim Anblick dieses schmutzigen, abgebrühten Plünderers von einem Landstreicher seine fahrlässige Jagd. Der Captain schloss einen Moment die Augen und bat erstmals um Vergebung. Gelobte, nie wieder auf die Jagd zu gehen. Gelobte, sollte er nur dieses eine Mal der Schlinge entgehen, Prediger oder Mitglied der Heilsarmee zu werden.

Während der Captain betete und der Landstreicher dem Toten Schuhe und Socken abnahm, kamen ein Mann und eine Frau über einen der vielen Pfade auf den Hauptweg. Ein Mann und eine Frau, die Händchen hielten. Ein Paar. Sie wirkten nervös, als fürchteten sie, gesehen zu werden. Sie waren offensichtlich verheiratet, nur nicht miteinander.

Die Frau war blond. Die Frau war außerdem: eine Blondine. Eine klassische Blondine.

Eine Blondine mit Lockennest aus massivem Gold. Eine Blondine mit tonlosen blauen Augen. Eine Blondine mit einer der sechs üblichen Lippenstiftschattierungen, aufgetragen auf eine der sechs üblichen Arten. Sie war eine Blondine von der Stange, ein Massenprodukt ihrer Zeit, millionenfach ausgeworfen, vom Fortschritt entworfen, vom Kino geschöpft, Zeitschriften entsprungen. Sie war eine der namenlosen, alterslosen Frauen des zwanzigsten Jahrhunderts. Nichts, was sie hatte, gehörte ihr; nichts *an* ihr *war* sie. Sie war die Blondine von Piccadilly, High Street, Market Street und Gemeindebau. Die Blondine aus öden Momenten junger und lichten Momenten alter Männer. Die Blondine, die man in jeder Stadt, jedem Dorf, hinter jeder Hecke der Welt fand. Ihre Toilette, ihre Unterwäsche und die Art, wie sie »vielleicht« sagten, waren Allgemeingut.

Diese internationale Institution spazierte mit ihrem Vermieter Mark Douglas durch Sparrowswick, denn die Miete war fällig.

Mark Douglas liebte Blondinen. Er liebte außerdem Brünette, Rothaarige, Albinos, Schwarze, Mulatinnen, Eurasierinnen, Asiatinnen und Empfangsdamen. Mark Douglas liebte alles, was Rock trug und nicht Dudelsack spielte. Er war ein kleiner Mann mit unangenehmer Energie.

Sie lachten und redeten beim Gehen, gleichwohl mit wachsamem Blick. Bei jedem Lachen ergriff Mark Douglas die Gelegenheit, der Blondine auf den Hintern zu klapsen. Das schien beiden große Freude zu bereiten.

»Letzte Nacht«, sagte die Blondine, »hat er mich gefragt, wo die Bisse an den ulkigen Stellen herkommen.«

Sie brüllten vor Lachen, und Mark Douglas gab ihr einen Klaps.

»Wo waren denn die ulkigen Stellen?«, fragte er.

Sie brüllten vor Lachen, und er gab ihr wieder einen Klaps.

»Was glaubst denn du!«, sagte die Blondine.

Sie brüllten vor Lachen, und er gab ihr wieder einen Klaps.

»Was für Bisse – Mensch oder Tier?«, fragte er.

Sie brüllten vor Lachen, und er gab ihr wieder einen Klaps.

»Mücken!« Das Wort blubberte aus ihrem letzten Lacher hervor.

Er gab ihr wieder einen Klaps, und diesmal behielt er die Hand dort. »Wo wollen wir uns hinsetzen?« Mit den Fingern verlieh er der Dringlichkeit seiner Frage Nachdruck.

»Lieber gar nicht«, sagte die Blondine mit Blondinenvokabular.

»Dort drüben ist ein großer Rhododendron«, sagte der kleine Vermieter.

Er bugsierte sie zum großen Rhododendron. Als sie am Strauch auf den Weg einbogen, hatte der Landstreicher gerade die Übereignung von Socken und Schuhen abgeschlossen. Sobald das Paar auftauchte, legte er sich geistesgegenwärtig auf den Rücken neben die Leiche und starrte in den Himmel.

»Landstreicher!«, sagte die Blondine angewidert.

»Mitten auf dem Weg!«, sagte Mark Douglas.

»Gehen wir dort drüben noch ein wenig weiter«, sagte die Blondine.

»Unbedingt!«, sagte Mark Douglas mit dem

nächsten Klaps und lenkte sie mit den Fingern zu einem weiteren Pfad durchs Dickicht.

Während Captain Wiles unter dem Rhododendron einschlief, stand der Landstreicher auf und bemurmelte beim Weggehen das Ende der Belagerung von Mafeking.

Wiggs' Emporium

Während sich auf der Heide diese umwälzenden Ereignisse zutrugen, geschah zwischen den Bäumen und Bungalows nichts. Nichts passierte, so wie es jeden Nachmittag nicht passierte, wenn die Menschen, die zu Mittag nach Hause kamen, wieder gegangen waren und die Händler ihre Waren geliefert hatten. Es war ein geschäftiges, teilnahmsvolles Nichts.

Schmetterlinge flogen pärchenweise zwischen den Büschen umher und in die Gärten hinein. Weiße Schmetterlinge und braune, die kleine, nichtsnutzige Sorte. Schmetterlinge und Kirschenfresser. Bienen umschwärmten die Köpfe der Gladiolen, verweilten zum Küssen und Probieren und schwärmten weiter, tölpelhaft, befriedigt. Wespen gingen wie Bussarde auf Fallobst und Papierkörbe nieder, während gefüllte Stockrosen grüppchenweise in der Brise standen und sich austauschten.

Für die Welt – die Welt, die in Automobilen

und Bussen und auf Zweirädern daherkam – war das Sparrowswick Bungalow Estate ein dichter Wald, der sich an einen Hügel schmiegte und aus dem hier und da ein Dach oder ein Schornstein durchs Laub lugte. In die Siedlung hinein führte ein Steinweg mit einem Bungalow zur einen und einem efeubewachsenen alten Cottage zur anderen Seite. Dieser Steinweg war gerade breit genug für ein mittelgroßes Automobil. Weiter oben, außer Sichtweite der Straße, verloren sich weitere Wege zwischen den Bäumen, und diese waren gerade breit genug für ein kleines Automobil oder ein Beiwagengespann. Von diesen Wegen zweigten Pfade mit Erde oder Mulch zu vereinzelten Bungalows ab, in denen zwangsläufig Menschen wohnten, die zu Fuß gingen oder mit dem Fahrrad fuhren.

In dem efeubewachsenen alten Cottage an der Straße wohnte die Witwe Wiggs, Besitzerin von Wiggs' Emporium. Mrs Wiggs verkaufte Lebensmittel, Baumwollstrümpfe, Speck und weiteren Proviant, Zahntinktur auf Karten, schöne bunte Samenpäckchen, Briefpapier, Einkaufstaschen und alles nur Erdenkliche außer der

Ware, die man brauchte, wenn die Geschäfte in der nächstgelegenen Stadt früher zumachten. Mrs Wiggs verkaufte auch Originalgemälde, Wasserfarben, Öl, Schwarzweißskizzen, Ätzung; alle mit des Künstlers hingehuschter, doch unverkennbarer Signatur in einer Ecke: Sam Marlow.

Neben solcherlei Gemälden und Zeichnungen verkaufte die Witwe Wiggs noch weitere Kunst. Zumindest hatte sie weitere vorrätig. Sie führte hauchfeine Gedichte in edler Tusche auf weißen Karten. Sie führte Blumen und Zierrat, aus gefärbtem Wachs geformt und vom Staub der Monate eingetrübt. Sie führte handgebundene kleine Lederbücher, die sich für Bridge-Abrechnungen oder als Tagebuch eigneten. Und dank einer erstaunlichen Sortiergabe führte Mrs Wiggs all diese Waren in ihrem Vorderzimmer, das grob fünf Quadratmeter maß und darüber hinaus eine kleine Speckschneidemaschine mit gebrochener Klinge beherbergte, eine kurze Theke und eine Registrierkasse aus Messing. In diesem kleinen, zum Laden umfunktionierten Vorderzimmer lagerten also Lebensmittel, Baumwollsocken, Speck und weiterer Proviant, Zahntinktur auf

Karten, schöne bunte Samenpäckchen, Briefpapier, Einkaufstaschen und Kunst. All dies nebst der Einrichtung, einer Speckschneidemaschine, einer Kasse und einer Witwe Wiggs. Bei umsichtigem Manöver hatten auch noch zwei Kunden im Laden Platz, allerdings nur, wenn einer klein war und auf einer Keksdose saß.

Das Schaufenster dieses Ladens erstreckte sich über die Breite einer Glasscheibe und wurde zu einer Hälfte von weiblichen Intimtextilien eingenommen und zur anderen vom Bild eines jungen Mannes mit glänzendem Haar, der für Zigaretten warb.

Die Geschichte von Wiggs' Emporium war eine Erfolgsgeschichte. Das alte Cottage stand bereits lange bevor die Bungalows auch nur erdacht worden waren, lange bevor die Vorfahren von Mark Douglas ihm die Nachfahrenschaft zu versagen begannen. Das Cottage war das Heim eines Wildhüters gewesen, und Henry Wiggs war Wildhüter gewesen. Woraus folgt, dass Milly Wiggs die Frau eines Wildhüters war.

Als aus dem niederen Landadel, dem die Ländereien gehörte, begrabener Landadel wurde, sah man sich gezwungen, das Land zu verkaufen, um die vermachten Schulden begleichen zu können. Und hier schmiedete Mark Douglas, künftiger Grundherr und Liebhaber von Blondinen, seinen Plan.

Er hatte das gesamte Land gekauft mit Ausnahme des Grunds, auf dem das Cottage stand. Dies wurde den Wiggs' als freier Grundbesitz überlassen zum Dank für das Wild, das sie als künftige Beute erhalten hatten. Henry Wiggs, ein gewitzter Mann, der in einer dunklen Nacht hundertfünfzig Schritt weit sehen konnte, stieg sogleich ins Geschäft ein. Bei Fertigstellung der Siedlung – ein Sechs-Wochen-Wunder – hatte er in seinem Vorderzimmer alles vorrätig, was Menschen, die in einem Wald wohnten, brauchen konnten. In den darauf folgenden Jahren entwickelte sich in dem kleinen Cottage ein reger Handel, denn das nächstgelegene Einkaufszentrum war drei Meilen entfernt – eine Gartenstadt, die sich über den Nachbarhügel erstreckte wie die schmutzigen roten Wunden einer Kiesgrube.

Sixpence-Münzen gingen zu Tausenden über die Theke. Sixpence-Münzen und Shillings und, nach Einführung der Kurzwaren, krumme Summen mit halben Pennys. Auch Vertraulichkeiten gingen über die Theke, und der Klatsch florierte. Der kleine Laden wurde für den Sparrowswick Estate das, was das Zentrum einer quirligen Metropole für jede quirlige Metropole ist. Irgendwann kannten die Wiggs' die neuen Waldland-Bewohner so gut wie zuvor die Vierbeiner und mochten, verschmähten und durchschauten auch die Füchse, die Kaninchen und die Schlangen unter ihnen. Kunden ohne Geld ließen kleine Rechnungen auflaufen und beglichen sie, während Kunden mit viel Geld große Rechnung auflaufen ließen und niemals beglichen, und so kehrte in der Heide nach und nach städtische Normalität ein.

Der Tod von Henry Wiggs ließ sich direkt auf den unangenehmen Mr Douglas zurückführen. Eines Herbstnachmittags schaute er auf seinem Weg zu einer blonden Bewohnerin zwecks Eintreibung der Miete bei Henry Wiggs herein und fragte den ehemaligen Wildhüter, ob er einen gewissen Bedarfsartikel führe. Mr Wiggs war gerade dabei, den Speckschneider zu schärfen, und hätte sich beinahe die Fingerkuppe abgesäbelt. Er gab ein Geräusch von sich, das an ein bedrängtes Schwein denken ließ und von Mr Mark Douglas als »Nein« gedeutet wurde. Worauf Mr Douglas den wohlmeinenden Rat ausgab, Mr Wiggs möge doch in einer verschwiegenen Ecke des Ladens einen kleinen Vorrat lagern. Darüber hinaus sicherte Mr Douglas persönlich die stete Abnahme dieser Ware zu. Das war der Augenblick, da Mr Henry Wiggs ins Hinterzimmer rannte, um gleich darauf mit der doppelläufigen Flinte zu erscheinen.

Nun ereignete sich eine Jagd, wie sie weder diese noch irgendeine andere Heide je erlebt hatte. Mark Douglas war panisch durch den Wald gehetzt, zur Heide hinauf, und Henry Wiggs ihm dicht auf den Fersen. Hinter Henry wiederum Mrs Wiggs und hinter Mrs Wiggs die Blondine, mit der Mr Douglas verabredet war, und dahinter die meisten Bewohner der Siedlung, war doch um diese Tageszeit ein wenig Zerstreuung willkommen. Über die gesamte Heide ging es in zügigem Tempo, und viermal wurde vergeblich aus der Flinte gefeuert. Keiner kannte den genauen

Grund der Verfolgung ihres Vermieters durch ihren Versorger, doch es wurde selbstverständlich angenommen, Mr Wiggs habe Mr Douglas in einer kompromittierenden Situation mit Mrs Wiggs vorgefunden, denn mochte Mrs Wiggs auch unscheinbar und ältlich sein, sie trug immerhin einen Rock und spielte nicht Dudelsack.

Letzten Endes war Mark Douglas, die ganze Nacht im Farn verborgen, Mr Wiggs' Zorn entgangen. Henry jedoch erholte sich nie mehr von dieser Jagd. Er war nicht der Jüngste, und der Vermieter hatte ein Tempo und eine Wendigkeit bewiesen, die nach Henrys Erfahrung kein Fasan oder Hase je an den Tag gelegt hatten. Henry hatte sein Herz strapaziert. Sechs Monate lag er auf seinem Sterbebett, doch nicht ein einziges Mal bereute er seinen Einsatz, denn sein Laden behielt bis zum Ende eine christliche Warenreinheit.

Menschen mit Hut

Das war die Geschichte von Wiggs' Emporium, das an jenem heißen Sommertag zwischen der Welt und dem Wald stand; zwischen Sparrowswick und dem Rest.

Mrs Wiggs kümmerte sich um ihren Stand. Der Stand, das war eine Reihe von Brettern auf Böcken mit einem weißen Wachstuch darüber. Dieser Stand befand sich gut sechs Meter vor dem Cottage, beinahe am Straßenrand. Er war dazu angetan, Autofahrer und andere Straßennutzer aufzuhalten. Er bot Zitronenlimonade, Schnittblumen, belegte Brote und Aspirin. Einige der bunteren mit »Sam Marlow« gezeichneten Aquarelle lehnten vornan, darüber hingen an Reißzwecken, an den Ecken angefädelt, die hauchfeinen Gedichte.

Es war Mrs Wiggs' Sommerbetrieb. Es war ihre Art, neben ihrem Hauptgeschäft Geschäfte zu machen. An einem Donnerstag hatte einmal ein Kremser an diesem Stand gehalten, und sie hatte all ihre Limonade verkauft sowie einen Bund Astern. Ein andermal hatte jemand erwogen, ein Bild zu kaufen, aber daraus war nichts geworden. Seitdem hielt Mrs Wiggs auf der Straße Ausschau nach Kremsern, hatte jedoch nie wieder einen entdeckt. Man musste annehmen, dass dieser spezielle Kremser vom Weg abgekommen war.

So saß also Mrs Wiggs im Schatten einer Kastanie hinter ihrem Stand und wartete auf Kundschaft. Sie war eine schmale Frau mit einem offenen, großzügigen Geist, schmalen Schultern und Hüften und einem schmalen Mund. Sie hatte keine Farbe, weder rötlich noch bleich. Sie war eine neutrale Frau und hatte weder Positives noch Negatives an sich. So unscheinbar war sie, dass es schwerfiel, auch wenn man sie an einem Tag mehrfach sah, bei näherer Betrachtung darauf zu schwören, dass man sie überhaupt gesehen hatte. Aber sie war eine freundliche Frau und voller Nachsicht, ganz und gar im Einklang mit allen.

Plötzlich, doch gemächlich drang ein Lied zu dieser Frau. Mitten im unsteten Verkehrslärm, den hügelan ächzenden Lastwagen, den hügelab knirschenden Gängen, dem Schwirren fehlerhafter Zahnräder, dem rhythmischen Schnippen asymmetrischer Reifen, all diesen Geräuschen entgegen und zum Trotz drang ein Lied zu ihr. Ein kräftiger, maskuliner Bariton schwebte hoch über den Bäumen und sang das Lied *Jerusalem*:

And did those feet in ancient time
Walk upon England's mountains green …

Ein Lied, das in der Sonne anschwoll und sich mit dem kräftigen Licht verband. Ein Lied, das die Sonne als eine der seltsamen Segnungen des Himmels hätte bescheren können.

Als Mrs Wiggs das Lied vernahm, seufzte sie leise und rückte die Gemälde ein wenig zurecht. In ihnen erkannte sie die Stimme. Sie hatten denselben zuversichtlichen, sorglosen Stil. Denselben himmlischen, doch irdischen Stil. Es war derselbe Mann. Es war Sam Marlow.

Bring me my bow of burning gold …

Durch Bäume und Büsche kam die Stimme hinab. Am »Schiff« vorbei, an der »Oase« und »Bon Vista«, am »Chaos«, an den »Kastanien«, den »Wäldern« und allen Bungalow-Namen der Welt. Hinab durch den Wald und hoch über die Heide kam die Stimme. Anschwellend in die grenzenlosen Räume des Sommerhimmels. Alle hörten es außer einem, und der war tot. Alle hörten es und wurden auf irgendeine Weise heiter gestimmt. Abies Mutter hörte es im »Chaos«-Garten, während sie ihrem Sohn Kuchen reichte und die wunderbare Gestalt durchs Blattwerk schreiten sah. Miss Graveley hörte es, als sie in der »Oase« ihr Haar kämmte und sich in einem Spiegel zulächelte. In Miss Graveley, die diese Stimme so oft gehört und davon unberührt geblieben war, löste sie schmerzhafte, ekstatische Gefühle aus. Als der junge Gott vorbeiging, barg sie das Gesicht in den Händen und weinte vor Freude. Oben auf der Heide hörte es ein Landstreicher. Dieser bequem beschuhte Landstreicher wanderte durch hitzegetränktes Farnkraut, und seine Gedanken kreisten um die Dreiecksberechnungen der Antike. Das Lied führte ihn sogleich auf frische

Wege zur Wanderung der Asiaten auf den amerikanischen Kontinent. Im Farn hörte es Mark Douglas, der Vermieter, der umgehend Georges blonde Mutter auf den Po klapste, worauf sie zu kichern begann. Und in seinen Träumen unter dem Rhododendron hörte es der neue Captain, er lächelte, und durch einen seltsamen Reflex verebbte sein Schnarchen.

Nur der Körper des Mannes namens Harry blieb unberührt von diesem herrlichen Lied an diesem herrlichen Tag in diesem herrlichen Land. Er lag da, schuhlos und sockenlos, und starrte leer in den hellblauen Himmel.

Durch die Sträucher hinab zur Straße lief Sam Marlow, der Künstler. Ein junger Mann, geschnitzt, so schien es, aus massivem Gold. Ein großer junger Mann. Er war durchaus bekleidet, doch eher mit Anstand als Anzug. Tatsächlich war ein Großteil von ihm unangezogen. Ein breiter, praller Körper, wohlproportioniert, aber nicht muskulös. Sein Scheitel schwebte beim Gehen gut ein Meter achtzig über dem Boden. Sein dünnes Haar war schütter und hell von der Sonne. Seine Augen waren blau, sofern man sie sehen konnte, normalerweise jedoch waren sie zusammengekniffen wie vor einem fernen Sonnenuntergang. Er hatte ein üppiges weißes Gebiss und ein kantiges Stoppelkinn. Sein Hals war lang und markant, seine Brust, eine goldene Trommel, ließ sein zerlumptes Hemd albern und unzureichend aussehen. Seine Taille war nicht sportlich, war sie doch so umfangreich wie seine Beine lang. Seine alte Flanellhose klaffte beim Gehen, und sein Nabel zeigte sich ohne Scham durch das zerrissene Hemd und den großzügigen Haarwuchs. Er trug Sandalen ohne Socken, und seine Füße waren groß und schokoladenbraun. Er sah so aus, wie er klang, nämlich als würde er vor Sommer platzen.

Unter dem Arm trug er ein großes Aquarell.

Als er bei Mrs Wiggs und ihrem Stand ankam, war das Lied noch nicht zu Ende. Unwillens, mit dem Singen aufzuhören, berauscht von den Worten und seiner eigenen Stimme, umrundete er sie drei Mal, bis der letzte Ton gesungen war. Die dünne, farblose ältere Frau starrte über die Straße und das dahinterliegende Feld und den Wald und genoss die Musik, enthielt sich jedoch eines Kommentars. Als er fertig war, sagte sie: »Guten Tag, Mr Marlow.«

Er betrachtete den Stand. Er ging von einem Ende zum anderen und betrachtete seine Bilder. Als er den Stand abgeschritten hatte, drehte er sich um und ging wieder zurück. Schließlich stellte er sich vor Mrs Wiggs, das neue Bild fest zwischen Bauch und Zehen.

»Gute Frau! Gute Frau! Sie haben kein einziges Bild verkauft!« Er fuhr mit großer Geste der Empörung die Hand durch die Luft. »Alle meine Bilder stehen an ihrem Platze!«

Die gute Frau blieb gelassen. Entschuldigend zuckte sie mit den Schultern. »Hier kommen so wenig Autos … Sie scheinen nicht … Ich glaube, die Limonade interessiert sie mehr …«

»Böse, böse Wiggy!«, rief der Künstler und schüttelte die Faust. »Böse, böse Wiggy! Die Limonade also! Wegwerfen. Trinken.« Seine Stimme senkte sich zum leisen Register des Pathos, und er senkte den Kopf. »Nicht ein einziges Bild …«

»Tut mir leid, Mr Marlow. Lassen Sie mich das neue sehen. Halten Sie es hoch.«

»Ich hätte nicht übel Lust, es Ihnen *nicht* zu zeigen«, sagte er. »Sie haben nicht verdient, es zu sehen. Wovon soll ich leben?« Er schlug sich auf den Bauch, und die Frau versuchte, nicht seinen Nabel anzusehen.

»Mr Wiggs hat immer gesagt, das ist ein komischer Ort für solche Sachen«, sagte Mrs Wiggs.

Sam Marlow drehte sich so abrupt um, dass die Frau zusammenzuckte. Er blickte lange auf die leeren Felder und den Wald. Er sah zwei Kühe, eine Krähe und den Rauch einer fernen Eisenbahn. Dann drehte er sich wieder zu der Frau um, als wäre ihm auf einmal ein Gedanke gekommen. Er sah ihr von Nahem ins Gesicht.

»Meinen Sie, in der Bond Street hätten wir bessere Chancen?«

Mrs Wiggs sah unsicher aus. »Wenn dort mehr Menschen sind, Mr Marlow.«

»Allerdings! Durchaus! Mengen. Tausende. Millionen und Milliarden von Menschen.«

»Dann wäre es vielleicht besser«, sagte Mrs Wiggs sanft.

»Aber!«, rief der junge Künstler aus. »Aber!«

Ihre Gesichter waren jetzt sehr nah beieinander, und Mrs Wiggs wartete geduldig auf die Schattenseite.

»Was für Menschen?«, fragte er. »Welcher Schlag? Welche Sorte? Halt! Ich sag's Ihnen, Wiggy. Kleine Leute, Wiggy ...« Er kauerte sich zur Anschaulichkeit hin, verzerrte das Gesicht und sah aus wie eine gedrungene Vogelscheuche. »Kleine Leute!«, zischte er. »Menschen mit Hut!«

Mrs Wiggs nickte einsichtig. Sam richtete sich auf und kratzte sich die Brust.

»Welches sind Ihre billigsten Zigaretten?«, fragte er nüchtern, die Stimme zwanzig Dezibel leiser.

»Woodbines, Mr Marlow, wie immer.«

»Was ist Ihre kleinste Menge?«

»Fünferpack, Mr Marlow.«

»Geben Sie mir fünf, Wiggy, und die Schere.«

»Gern, Mr Marlow.«

Mrs Wiggs gab ihm eine Fünferpackung und die Schere, die sie für die Blumenstängel benutzte. Sie setzte sich und sah zu, wie er die Zigaretten halbierte und wieder in die Packung steckte. Dann hielt er sein Bild hoch.

»Ach, Mr Marlow!«, rief sie aus.

»Gefällt es Ihnen?«

»Es ist wunderbar!«

Er seufzte voller Genugtuung.

»Was stellt es denn dar?«

»Gute alte Wiggy«, seufzte er resigniert und stellte das Bild neben die anderen. »Meine strengste Kritikerin.«

Mrs Wiggs nahm das Kompliment gemessen an. »Ich finde Ihre Arbeit wunderschön. Mrs Rogers auch.«

»Aha!«, rief der Künstler nun wieder lauter. »Sie reden also über mich?«

Mrs Wiggs war ein wenig beschämt. »Na, ich hab doch nur gesagt ...«

»Das ist die hübsche Frau mit dem kleinen Jungen im ›Chaos‹?«

»Ja, Mr Marlow.«

»Und was hält das hübsche kleine Ding von mir, hm?«

»Nun ...« Mrs Wiggs zögerte naturgemäß, Vertraulichkeiten preiszugeben. »Sie findet, Sie gehören auf die Bühne.«

Sam Marlow steckte den Kommentar ein, wie ein Boxer einen schweren Schlag einsteckt.

Kopfschüttelnd erholte er sich. »Gehen wir in den Laden«, schlug er leise vor. »Ich brauche etwas zu essen.«

Mrs Wiggs und der Künstler entfernten sich vom Stand und betraten den Laden, als ein großer, imposanter Rolls-Royce vor den Bildern zum Stehen kam und ein Mann mit Tropenhelm und Hornbrille die Bilder betrachtete und auf Bedienung wartete.

Eine farbige Schleife

Während Mrs Wiggs ein Viertel durchwachsenen Bauchspeck zu Sixpence pro Pfund abschnitt, kam Miss Graveley herein. Sam Marlow stellte sich ritterlich auf die Keksdose. Er betrachtete Miss Graveley mit Interesse, denn sie wirkte erregt. Von ihr ging eine Rastlosigkeit aus, die sein Künstlerauge sogleich auffing. Sie wohnten seit Jahren in den Hügeln von Sparrowswick, seit sie sich mit der kleinen Rente ihres Onkels Moses zur Ruhe gesetzt hatte und er mit einer minimalen Zuwendung seines Vaters aus Cambridge hergeschickt worden war. Sie lebten seit Jahren auf dieser waldigen Anhöhe, waren sich unzählige Male begegnet, sich häufig über den Weg gelaufen und hatten nie miteinander gesprochen, kannten sich nicht einmal mit Namen.

Diesmal jedoch sprach Miss Graveley. Sie sagte: »Was für ein wunderschöner Tag!«

Sam sagte: »Gestern auch, aber da haben Sie nichts zu mir gesagt.«

Mrs Wiggs sagte: »Es ist eine regelrechte Hitzewelle.«

An der Straße ließ der Rolls-Royce eine tiefe, melodische Hupe ertönen.

»Diese fabelhaften Bilder«, sagte Miss Graveley lächelnd zu Sam. »Jemand hat mir erzählt, das seien Ihre – wieso verkaufen Sie sie nicht und verdienen eine Menge Geld damit? Überlegen Sie mal, wie angenehm das wäre.«

Sam musterte sie, als hätte sie ihn tatsächlich auf eine Idee gebracht. »Das muss ich mir überlegen.«

»Und dieses Lied«, sagte Miss Graveley. »Wie schön Sie es singen!«

»Wollen Sie mich etwa anpumpen?«, fragte Sam.

Miss Graveley warf die bleichen Hände hoch. »Ach, herrje, nein! Aber ein wenig Aufmunterung brauchen wir doch alle mal, oder, Mr Marlow?«

»Woher kennen Sie meinen Namen?«, fragte Sam.

»Er steht doch auf den Bildern?«

»Soll eigentlich unleserlich sein.«

»Das merkt man«, sagte Miss Graveley. »Sie sind alle sehr professionell, nicht wahr, Mrs Wiggs?«

»Allerdings, Miss Graveley«, sagte Mrs Wiggs, als sie die Speckstreifen einwickelte. »Gerade neulich habe ich gesagt ...«

»Vielen Dank für Ihre Aufmunterung, Miss Graveley«, sagte Sam großmütig.

»Nun frage ich mich aber, woher Sie meinen Namen kennen«, schnurrte Miss Graveley wie ein Kätzchen.

»Wiggy hat ihn mir gerade genannt«, sagte Sam.

»Wiggy? Ach – Mrs Wiggs? Was für ein famoser kleiner Spitzname. Darf ich Sie bitte Wiggy nennen, Mrs Wiggs?«

»Es wäre mir eine Freude«, sagte Mrs Wiggs. »Bitte schön, Mr Marlow – Speck, Margarine, Zucker, Tee, gebackene Bohnen, Kartoffeln, ein halber Kohl und etwas Salz, das macht ein Shilling und Fourpence. Ach, und die Zigaretten. Macht zusammen ein Shilling und Sixpence.«

»So so«, sagte Sam Marlow und wühlte tief in seinen verlotterten Taschen. Er fingerte sich in die entlegensten Winkel seiner Hosentaschen und tastete dann in Ermangelung einer Jacke seine Gesäßtasche ab. Der Platz im Laden war derart beschränkt, dass infolge seiner Kreisbewegungen zwei Keksdosen auf den Boden krachten und das große Bild des jungen Mannes mit dem glänzenden Haar im Schaufenster sich nach vorn neigte, als sei er auf einmal an der Blumenrabatte direkt unter dem Fenster interessiert.

»Vielleicht sollten Sie draußen weitersuchen«, sagte Mrs Wiggs, »solange ich Miss Graveley bediene.«

Sam Marlow, der Künstler, trat auf den sonnendurchfluteten Vorplatz und suchte nach einem Shilling und Sixpence. Sobald er auftauchte, spielte der Mann im Rolls-Royce ein wunderschönes *Arpeggio* auf seiner Hupe. Sam sah zu ihm hinüber und winkte. Der Mann saß auf der zugewandten Wagenseite und war so eingenommen von den Bildern, die den Stand säumten, dass er beinahe ausgestiegen wäre.

Kurz darauf war Sam zurück im Laden mit einem Shilling und Twopence in der Hand.

»Ich habe einen Shilling und Twopence«, sagte er.

»Sekunde, Mr Marlowe«, sagte Mrs Wiggs.

Da erst bemerkte Sam, dass etwas Bedeutendes vor sich ging. Miss Graveley hielt eine dickwandige grobe Teetasse ins Licht. Es war eine billige große Tasse, wenngleich nicht angeschlagen, doch die mittelalte Jungfer hielt sie, als handelte es sich um uraltes feines Porzellan.

»Ein Shilling Twopence …«, hob Sam an.

»Psst!«, sagte Mrs Wiggs.

Sam gab der Spannung nach. Er musterte die Tasse über Miss Graveleys Schulter hinweg. Sie drehte sich um und sah ihn an. Ihre Miene war ernst und bleich vor Anstrengung. Als sie sprach, artikulierte sie sorgsam wie ein Premierminister, der kurz davor ist, sein Land preiszugeben.

»Was meinen Sie?«, fragte sie.

Sam überlegte. »Ich meine, da passt Tee rein.«

»Und die Größe? Und der Henkel? Passt ein Finger hinein?«

Sam schob seinen Finger durch den Henkel. »Meiner schon.«

Miss Graveley nahm seine Hände und betrachtete die Finger. Mrs Wiggs stand an ihrer Messingkasse und wartete mit ausdrucksloser Miene auf die Entscheidung. Aufgeregt fuhr Miss Graveley zu ihr herum.

»Ich nehme sie!«

»Zweieinhalb«, sagte Mrs Wiggs in ihrer tonlosen Art.

»Und die Untertasse?«

»Viereinhalb alles zusammen.«

Während Mrs Wiggs Tasse und Untertasse einwickelte, darauf bedacht, weiches Papier in die Tasse und zwischen Tasse und Untertasse zu legen, sah Miss Graveley verträumt zu. In einem chromverschalten Teil der Speckschneidemaschine erhaschte sie einen Blick auf sich. Sie fasste sich ins Haar und hob es im Nacken an.

»Ich glaube, ich brauche noch eine Schleife«, verkündete sie.

»Ich wäre gern zum Malen auf der Heide, bevor die Sonne nachlässt«, sagte Sam nüchtern. »Wenn Sie einfach meinen Shilling und Twopence nehmen würden und die übrigen Fourpence anschreiben …«

»Schleife?«, fragte Mrs Wiggs. Sie blickte zu Miss Graveley auf, ein verblüffter Ausdruck stand in ihrem nichtssagenden Gesicht. Mrs Wiggs erwartete bestimmte Dinge von bestimmten Leuten, und Miss Graveley kaufte untypische Ware. Sie hatte eine hässliche große Tasse gekauft, und nun redete sie von Schleifen.

»Was für eine Schleife?«

Miss Graveley betrachtete ihr Gesicht und ihre Haare in dem Stück Chrom. »Blau, würde ich sagen …« Sie wandte sich abrupt an Sam. »Sie sind Künstler, Mr Marlow. Welche Farbe soll meine Schleife haben?«

»Rot passt immer gut«, sagte Sam, »zu Ostereiern zum Beispiel oder irgendwelchen Päckchen.«

»Sie ist für meine Haare«, sagte Miss Graveley.

Mrs Wiggs Ballenzeh begann zu pochen, ein Zeichen, dass die Ereignisse sie ein wenig überforderten. »Ich glaube, da ist ein Limonadenkunde«, sagte sie, als sie erneut die Schlussakkorde des Rolls-Royce vernahm.

Sam nahm Miss Graveley beim Arm. »Wie

können Sie in einem solchen Moment von Limonade reden?«, fragte er Mrs Wiggs über die Schulter. Dann wandte er sich an Miss Graveley. »Sie wollen eine farbige Schleife für Ihr Haar?«

Miss Graveley nickte.

Sams Blick ruhte einen Augenblick auf der eingewickelten Tasse nebst Untertasse. »Steht etwas Besonderes an?«, wagte er sich vor.

Miss Graveley errötete und klappte die Wimpern über die Wangen, wie sie es seit zwanzig Jahren nicht getan hatte. »*Ich bekomme Teebesuch*«, sagte sie.

»Ein Mann?«

Miss Graveley nickte stumm.

»Sie alte Verführerin.«

»Alt!«

Mrs Wiggs spähte aus dem Fenster und rückte den glänzenden jungen Mann zurecht. Draußen war der Kunde aus dem Rolls-Royce gestiegen und befasste sich eingehender mit den Bildern.

»Im übertragenen Sinn.«

»Für wie alt halten Sie mich denn, junger Mann?«, fragte Miss Graveley ein wenig besorgt.

»Fünfundfünfzig«, sagte Sam. »Für wie alt halten Sie sich denn?«

»Zweiundvierzig«, sagte Miss Graveley. »Ich kann Ihnen meine Geburtsurkunde zeigen.«

Seufzend sah Sam sie an. »Um das zu beweisen, müssen Sie mehr vorzeigen als Ihre Geburtsurkunde. Sie sollten sich die Haare schneiden lassen. Zu einem hübschen Bob.«

»Ich glaube, ich gehe mal nachsehen, was dieser Gentleman möchte«, sagte Mrs Wiggs.

»Sie bleiben hier, Mrs Wiggs«, sagte Miss Graveley, während sie noch die förderliche Bemerkung des Künstlers sacken ließ. Sie betrachtete sich erneut in der Speckschneidemaschine. Jetzt sah sie sich selbst mit einem Bob. Sie sah sehr schön aus. Sie beugte sich zu Mrs Wiggs vor. »Könnten Sie mir einen Bob schneiden, Wiggy?«

Mrs Wiggs druckste herum. »Ach, ich weiß nicht.«

»Aber ich weiß es«, sagte Sam. »Führen Sie sie ins Hinterstübchen, Wiggy. Ich hole die Schere vom Stand.«

Mrs Wiggs zauderte. »Ach, na gut, Miss Graveley. Kommen Sie.«

Miss Graveley folgte der Inhaberin von Wiggs' Emporium aufrecht wie eine Kreuzritterin. Sam Marlow lief zum Stand. Der Mann mit der Hornbrille hatte soeben ein Bild zurückgestellt und blickte auf die Uhr.

»Wahrlich ...«, sagte er, als er Sam erblickte.

Sam schenkte ihm ein Glas Limonade ein und drückte es ihm in die Hand. Er nahm die Schere und schritt zurück zum efeubewachsenen Cottage.

Der Mann lief hinter ihm her. Dann blickte er wieder auf die Uhr, stürzte die Limonade hinunter und stieg in den Wagen. Als Sam hineinging, um Miss Graveley die Haare abzuschneiden, schnurrte der Rolls-Royce davon.

Das müssen Sie mir erklären

Sam Marlow, der Künstler, ging denselben Waldweg hinauf, den Abie, der kleine Junge, zwei Stunden zuvor hinaufgegangen war. Statt eines Gewehrs hatte er allerdings eine Staffelei unterm Arm sowie jene Utensilien, die er brauchte, um das, was er sah, fühlte und glaubte, in bunte Bilder zu verwandeln. Der Forst erschien Sam wie eine Reihe separater Bilder. Er blickte nach links und nach rechts, er blickte hinauf und hinab, und manchmal hielt er an und blickte dorthin zurück, woher er gekommen war, sah den steilen, von Bäumen gesäumten Weg und gleich am Anfang das Gatter zum ersten Bungalow.

Er trat auf die Heide hinaus und setzte seinen gemächlichen Gang fort. Er ging so langsam und so schweigsam wie vor ihm der kleine Abie, und er hätte ebenso gut auf Hochwild aus sein können wie auf neue Blickwinkel.

Kurz darauf entdeckte Sam Marlow den toten Igel. Eine einsame Schmeißfliege hatte sich auf dem Einschussloch niedergelassen, und als Sam nach ihr trat, wich sie aus wie eine typische Schmeißfliege, sauste im weiten Bogen davon und behielt ihre gierigen Glubschaugen auf das Blut gerichtet, das sie gerade zurückgelassen hatte.

Sam drehte den Igel behutsam mit seiner Sandale um. Als er es im Farn daneben kaum merklich rascheln hörte, spähte er hinein. Zwei Baby-Igel liefen dort herum und weinten leise miteinander. Sam wurde von bodenloser Trauer überwältigt. Er legte seine Malutensilien hin und nahm die kleinen Geschöpfe hoch. Blickte ihnen in die spitzen kleinen Gesichter und rieb ihnen mit dem Zeigefinger über die weichen Bäuche. Wenig später hatte er sie in Farn und Leinwand gewickelt, während ihre Mutter nun unter dem Mulch eines Stechginsters lag.

Die Schmeißfliege beobachtete ihn dabei, umschwirrte wütend seinen Kopf und tat so, als würde sie gleich zum Angriff übergehen, aber Sam beachtete sie nicht. Als alles erledigt war und die Babys sich zu den Farben und Pinseln gesellt hatten, wandte er sich zum Gehen. Vorher jedoch fuhr er mit großer Wucht herum, schlug die Schmeißfliege mit furiosem Schwung zu Boden und stampfte ihr elendes Leben ins weiche Gras.

Sam ging weiter durch das Labyrinth aus Wegen und überlegte, was für ein Lied man nun singen könnte. Ihm gingen *The Invitation to the Waltz* und andere schöne Melodien durch den Kopf, er beließ sie aber dort, denn zuweilen war der Gesang in seinem Kopf erstaunlicher als alles, dem er eine Stimme geben könnte.

Die Leiche des Mannes namens Harry war für Sam Marlow eine große Überraschung, wenn auch keine Tragödie wie der Igel. Er dachte, wie seltsam es doch sei, an einem solchen Nachmittag eine Leiche ohne Schuhe zu finden. Erst ein toter Igel mit zwei lebenden Babys, dann ein toter Mann mit zwei nackten Füßen. Das war doch ein Zeichen. Das bedeutete doch irgendetwas. Rätselhafte Gefühle regten sich tief in seinem Innern. Er wusste, er war sich sicher, dass er etwas malen sollte. Vielleicht das Bild seines Lebens. Die merkwürdige Geschichte mit Miss Graveleys Haaren, der tote Igel und nun diese einsame Leiche – das waren doch gewiss Symbole für Leben und Tod? Freude und Trauer. Gut und Böse. Dann war da noch die Schmeißfliege.

Sam legte seine Farben, die Staffellei und die Baby-Igel hin und zog die Leiche zu einem nahen Sonnenflecken, denn sie war durch den Rhododendron von der Sonne abgeschirmt. Als das Modell angemessen ausgeleuchtet war, stellte Sam Staffelei und Hocker auf und setzte sich zum Malen.

Das tote Gesicht des toten Mannes verlieh ihm die nötige Inspiration. Das tote Gesicht dieses Mannes barg die Millionen und Abermillionen toten Gesichter aller Jahrhunderte. In diesem toten Gesicht lag die gesamte tote Menschheit; die ganze kalte Geschichte; alle wunderlichen Haltungen und Verfehlungen. Er würde die gewesenen Gesichter der Welt malen. All die Tausenden von Gesichtern zusammen. All die starren Augen der Menschen, die staunten, lachten, weinten, dumpf waren vor Missverständnis und Ignoranz. Die Gesichter der Juden und Nichtjuden, der Römer, Ägypter und Griechen. Und darüber hinaus würde er die Menschen malen, die über die Jahre und Jahrhunderte all dies bezeugten: die Kinder der Schrift, die Lehrer, die Mönche und Politiker, die Wirte, die alltäglichen Menschen in jedem Land; unwissende Zeugen.

Ohne das Gesicht des Toten aus den Augen zu lassen, mischte Sam Marlow seine Farben und fing an zu malen. Er skizzierte einen diesigen Hintergrund. Ein gewaltiges, riesenhaftes Menschengesicht, toter als das Gesicht der Leiche, die vor ihm lag. So konzentriert war er auf seine Aufgabe, dass er das andere Menschengesicht nicht bemerkte, das sich allmählich aus den immergrünen Blättern des Rhododendron schälte. An diesem Gesicht war nichts tot; dies war das Gesicht der lebenden Menschheit, braun, lustig, faltig, das mühsam ein prächtiges Gähnen unterbrachte. Am kritischen oberen Totpunkt dieses Gähnens stellte sich der Blick scharf auf den jungen Künstler und die Leiche; das Gähnen ging für immer verloren.

»Heiliger Strohsack!«, sagte der neue Captain.

Sam Marlow, der gerade eine zarte Linie malte, löste vorsichtig den Pinsel von der Leinwand und hob eine fragende Augenbraue in Richtung Leiche.

Der Captain sagte: »Und da denk ich noch, alles nur ein böser Traum!«

Da sah Sam das Gesicht des neuen Captains im Strauch schweben wie ein Rätselbild in einem Kindercomic. Er blickte vom Captain zur Leiche, ließ die Bemerkung des Captains sacken und versuchte, seine Schlüsse daraus zu ziehen.

»Gehört diese Leiche Ihnen, kleiner Mann?«

Der Captain trat aus dem Gebüsch, Gewehr in den Händen. »Verraten Sie mich nicht! Laufen Sie nicht weg! Ich habe ihn für ein Kaninchen oder einen Fasan oder so was gehalten!« Eine nach der anderen baumelten die kleinen Schlingen wieder von den Bäumen.

Sam Marlow musterte die Leiche; er hatte zwar eine blühende Phantasie, aber der Irrtum des Captains wollte sich ihm dann doch nicht erschließen.

»Das müssen Sie mir erklären.«

Die Leiche antwortete nicht

Sam Marlow, der Künstler, und Albert Wiles, der neue Captain, setzten sich auf die warme Erde, um die missliche Situation zu besprechen, während Harry, die Leiche, schuhlos schweigend danebenlag.

Für den jungen Künstler, der Realist war, auf alle Eventualitäten vorbereitet und durch keine zu erschüttern, war die Geschichte einfach und kein Grund zur Beunruhigung. Obwohl der Kahnführer im Ruhestand Sam Marlows Vater hätte sein können, sprach der Künstler mit ihm, als wäre der Captain jünger als er. Er sprach kühl, klar und vernünftig, doch der kleine Captain war davon nicht zu beeindrucken. Was einleuchtete, schließlich sah der Künstler nur den Captain und die schöne Landschaft, während der Captain die Leiche sah, das Gewehr und eine Anzahl baumelnder Schlingen.

»Es liegt nahe«, erklärte Sam, »dass man Sie dafür nicht belangen kann. Es war ein Unfall. Höhere Gewalt vielleicht. In gewissem Sinne sollten Sie dankbar sein, dass Sie Ihren Teil dazu beitragen konnten, das Schicksal eines Mitmenschen zu besiegeln.«

Der Captain blickte verdrießlich auf die baumelnden Schlingen und sagte nichts. Sam fuhr fort:

»Nehmen wir zum Beispiel mal an«, sagte er, »im Buch des Himmels stehe geschrieben, dass dieser Mann an diesem Ort und zu diesem Zeitpunkt sterben solle. Nehmen wir einen Augenblick an, die Ausführung seines Ablebens sei verpfuscht worden; etwas sei schiefgelaufen. Sagen wir, es sollte ein Donnerschlag sein, und es war kein Donner verfügbar. Und da kommen Sie daher und erschießen ihn, und der Wille des Himmels geschieht und das Schicksal erfüllt sich. Da ist Ihr Gewissen doch rein? Wieso sollten Sie unglücklich sein?«

Der Captain leckte sich die Lippen, und nach einer Weile sprach er:

»Na, Folgendes, Sammy. Das haben Sie in den falschen Hals gekriegt. Mein Gewissen macht mir ja nicht zu schaffen. Ich hab gar keins.

Wenn Sie so rumgekommen wären wie ich und gesehen hätten, was ich gesehen hab, hätten sie auch keins. Und um den Himmel mach ich mir auch keine Sorgen, mit dem muss ich mich wohl nie rumschlagen. Und um seine Mutter auch nicht und seinen Vater auch nicht, den er wahrscheinlich nie kennengelernt hat. Und nichts von all dem holden Zeug, das Sie da geredet haben. Um mich mach ich mir Sorgen. Mich und meinen Hals. Ich weiß, wie misstrauisch die Polizei ist. Ich hatte einen Bruder, der war bei der Polizei, und der hat mir erzählt, dass jeder, mit dem die zu tun haben, erstmal schuldig ist bis zum Beweis der Unschuld – und mit denen will ich nichts zu schaffen haben. Begraben, sag ich, und fertig. Der nützt jetzt niemand mehr was, nicht so. Zur Ruhe betten. Unter die Grasnarbe mit ihm. Vergessen Sie ihn. Sie haben ihn nie gesehen, und ich hab's nicht getan.«

Sam schüttelte traurig den Kopf. »Und all die anderen, die ihn gesehen haben? Die Frau und der kleine Junge? Miss Graveley? Der Landstreicher? Der Mann, der hinter den Schmetterlingen her war – das dürfte Dr Greenbow gewesen sein. Und der Mann und die Blondine – das dürften Mark Douglas und Mrs D'Arcy gewesen sein. Was ist mit denen?«

Der Captain winkte ab, als seien die völlig unerheblich. »Hat keinen interessiert«, sagte er. »Keiner hat sich drum geschert – außer Ihnen.«

»Das denken *Sie*«, hielt Sam dagegen. »Aber was, wenn es jemanden schert, nachdem Sie ihn begraben haben? Das sähe dann schlecht aus für Sie. Was, wenn diese Frau, die ihn Harry genannt hat, zu dem Schluss kommt, dass sie ihn doch liebt?«

»Ausgeschlossen«, sagte der Captain bei der Erinnerung an ihren Gesichtsausdruck.

»Wie war sie denn?«, fragte Sam.

»Bildhübsch«, sagte der Captain.

»Mit einem kleinen Jungen?«

»Ja.«

»Mrs Rogers«, sagte Sam.

»Also begraben wir ihn«, schlug Captain Wiles vor.

»Gefällt mir nicht«, sagte Sam. »Die Behörden wissen gern Bescheid, wenn jemand stirbt.

Das hier war ein Unfall, und Sie haben nichts zu befürchten.«

Der Captain seufzte. »Hören Sie«, sagte er. »Vergessen Sie es einfach. Gehen Sie. Ich habe ihn umgebracht, und ich kümmere mich um seine Überreste.«

Sam betrachtete den kleinen Mann argwöhnisch. »Und dann schleifen Sie ihn für den Rest des Tages über die Heide. Wenn Sie nicht aufpassen, wird Ihnen doch noch ein Mord angehängt – ich will verdammt sein, wenn mich nicht selbst langsam ein Verdacht beschleicht.«

Der Captain sackte in sich zusammen. »Da sehen Sie's. Wenn *Sie* mir schon das Schlimmste zutrauen, was sollen *die* dann erst denken? Ich kenne ihn nicht, ehrlich. Keiner kennt ihn.«

»Und was ist mit dem Umschlag?«, gab Sam zu bedenken. »Sie haben seinen Namen und seine Adresse. Von Rechts wegen sollten Sie ihn zurückschicken.«

»Den Umschlag beerdige ich mit ihm.«

Sam dachte nach. Er wusste jetzt, dass er das Bild, das er angefangen hatte, niemals malen würde. Er wusste, dass der Nachmittag ruiniert war. Und dachte, in dem Fall könne er ebenso gut den Rest des Tages mit der Lösung dieses kleinen Rätsels zubringen.

»Ich habe eine Idee«, sagte er.

Captain Wiles beäugte ihn misstrauisch.

»Wir machen Folgendes«, sagte Sam. »Wir versuchen herauszufinden, woher Mrs Rogers diesen Mann kannte und ob sie vorhat, der Polizei seinen Tod zu melden.«

»Was soll das nützen?«, fragte der Captain.

»Jede Menge«, sagte Sam. »Wenn sie nur eine entfernte Freundin ist und nicht vorhat, die Behörden davon in Kenntnis zu setzen, helfe ich Ihnen persönlich, die Leiche unter die Erde zu bringen.«

Der Captain dachte darüber nach. Er betrachtete die kräftige junge Statur des Künstlers und dachte an die Arbeit, die es mit sich brachte, an einem heißen Tag eine Leiche zu vergraben.

»Na gut«, sagte er. Plötzlich fiel ihm etwas ein. »Wie spät ist es?«

Sam sah zur Sonne hinauf. »Beinahe Teezeit.«

»Ich habe eine Verabredung«, sagte Captain

Wiles. »Ich habe eine Verabredung mit Miss Graveley.«

»Großer Gott!«, sagte Sam. Miss Graveleys Erregung, an die er nun erinnert wurde, wollte ihm nicht recht einleuchten.

Der Captain sah ihn fragend an.

»Da schaffen Sie wohl einen Präzedenzfall«, erklärte Sam.

»Ich schaffe gar nichts«, sagte der Captain. »Ich gehe auf ein Tässchen vorbei, auf ihre Einladung.«

»Sie sind bestimmt der erste Mann, der einen Fuß über ihre Schwelle setzt«, sagte Sam.

»Da«, sagte der Captain nach reiflicher Überlegung, »wäre ich mir nicht so sicher. Sie ist eine nette, gut erhaltene Frau, aber irgendwann muss man Eingemachtes eben aufmachen.« Lachend schlug er dem Künstler auf die Schulter. »Gucken Sie mal, was Mrs Rogers meint, Sammy.«

»Sollen wir nicht vorher die Leiche verstecken?«, schlug Sam vor.

»Teufel noch eins!«, sagte der Captain. »In der Tat!«

Sie standen auf und sahen sich um. Es gab

viele mögliche Verstecke, und es fiel schwer, sich für eins zu entscheiden. Die Heide bestand aus Verstecken. Tausend Leichen ließen sich in der Heide verstecken.

»Da drüben«, sagte Sam.

»Oder da drüben«, sagte der Captain.

»Oder dort«, sagte Sam.

»Oder dahinten«, sagte der Captain.

»Und warum nicht der Rhododendron, wo Sie sich versteckt haben?«

»Das war mir als Erstes eingefallen«.

»Bis zur Abenddämmerung ist das sicher.«

Sie zogen die Leiche zum Rhododendron zurück, jeder an einem nackten Fuß. Als sie an einer ausladenden Eiche vorbeikamen, nieste jemand, und sie wussten, das waren nicht sie. Sie blickten hinauf. Zuerst konnten sie nichts sehen, bald darauf jedoch erkannten sie zwischen den Blättern einen Mann. Er versuchte, sich geräuschlos zu schnäuzen, doch als er sah, dass man ihn entdeckt hatte, ließ er der Nase hörbar freien Lauf.

»Hallo«, rief der Captain hinauf. »Was machen Sie denn da?«

Der Mann blickte zum Captain, zum Künstler und auf die Leiche. »Was machen Sie da unten?«, fragte er.

Sam und der Captain sahen sich über die Leiche hinweg an.

»Was soll ich sagen?«, flüsterte der Captain.

Sam zuckte mit den Schultern. »Sie hätten sich um Ihren Kram kümmern sollen, dann hätte er sich um seinen gekümmert.«

Der Captain rief hinauf: »Schönen Nachmittag.«

Keine Antwort. Der Mann im Baum hatte ganz offensichtlich kein Interesse an den beiden Männern mit der Leiche. Er starrte auf einen Farnflecken, den nur er von seiner erhöhten Warte aus sehen konnte.

In dem Moment brach der dünne Mann mit dem Schmetterlingskescher durchs Gebüsch. Er hatte sichtbar zweite Luft bekommen, und die Beine liefen von allein. Der große, bunte Schmetterling tanzte noch immer fröhlich vor ihm her. Ehe sie sich's versahen, war dieser Doktor Greenbow Teil ihrer kleinen Beerdigungsgesellschaft, und ehe der Doktor es sich versah, lag er erneut quer über der Leiche, während der Schmetterling in der Luft schwirrte.

Der Doktor erhob sich, langsam und steif.

»Verzeihung«, sagte er zur Leiche. »Tut mir furchtbar leid. Habe ich Ihnen wehgetan?«

Die Leiche antwortete nicht, sondern lag nur da und wartete darauf, dass Sam und der Captain sie wieder unter den Rhododendron beförderten.

»Ist schon gut, Doktor«, sagte Sam. »Ich kümmere mich um ihn. Ziehen Sie nur weiter – lassen Sie Ihren Schmetterling nicht warten.«

Der große, dünne Mann richtete sich auf, als er den Rest der Gesellschaft wahrnahm. Seine Miene erhellte sich ein wenig. »Danke«, sagte er und war verschwunden.

Sam und der Captain bückten sich wieder, während der Mann im Baum übers Farnkraut spähte.

Eine schöne Tasse Tee

Mr D'Arcy – Mr Walter D'Arcy – saß im Baum und beobachtete, wie sich seine Frau mit Mr Douglas vergnügte, und als ein gewisses Stadium erreicht war, kletterte er vom Baum und ging nach Hause, vom Wunsch und Willen erfüllt, Gerechtigkeit walten zu lassen, denn er war Anwaltsgehilfe.

Walter D'Arcy war ein Mann, der über seine Verhältnisse lebte. Er überhob sich, da waren die Augen größer als der Magen, er wagte, ohne zu wägen. Infolge dieses beklagenswerten Wesenszuges war er mit vierzig bereits recht mitgenommen und sah dauerhaft lädiert aus.

Die Blondine hatte er vor nicht allzu langer Zeit in einem Anflug von Verwegenheit geheiratet. Er hing an ihr wie ein Hund an seinem Frauchen. Mark Douglas' Übergriff vergrämte ihn wie einen Hund die nachlassende Zuwendung seines Frauchens. Er war an diesem Nachmittag zu Hause geblieben, um seiner Frau nachzuspionieren. Sollte sich sein Verdacht bestätigen, würde er es Mr Douglas heimzahlen. Seit Wochen hatte er das Ehepaar Douglas im Auge, und er war zu dem Schluss gelangt, dass Mrs Douglas von Mr Douglas ebenso wenig erfreut war wie Walter. Er war sogar zu dem Schluss gelangt, dass die Gemütsverfassung der stillen kleinen Frau der seinen ähnelte.

So setzte sich Walter D'Arcy hin, als er nach Hause kam, und schrieb einen kurzen Brief. In dem Brief des Anwaltsgehilfen stand:

Madam,

am Ende des Waldwegs zur Rechten
steht eine große Eiche. Wenn Sie
sich heute in der Abenddämmerung
dortselbst einfinden, erfahren Sie etwas,
das Ihnen von Nutzen sein dürfte.

Hochachtungsvoll
EIN FREUND

Als er den Briefumschlag zugeklebt hatte, legte er die Fahrradspangen an und rollte, da er wusste, dass Mr Douglas nicht zu Hause war, den Waldweg hinunter zu Douglas' Bungalow, dem »Liebesnest«, das dem Cottage von Mrs Wiggs gegenüberstand.

Walter traf Mrs Douglas im Garten an. Sie trat an den Zaun und nahm den Brief. Sie war weder verblüfft noch neugierig, denn in ihrem Kopf schwebte eine Wolke der Schwermut.

»Urlaub?«, fragte Mrs Douglas, als sie den Brief entgegennahm.

Walter drückte ihr die Hand und zwinkerte. »Ich war spazieren.«

Mrs Douglas errötete, denn zum ersten Mal seit Jahren hatte ihr jemand die Hand gedrückt und zugezwinkert. Sie war eine attraktive Frau, die sich vernachlässigte, wie eine Rose mit schlaffen Blütenblättern. Ihr Mann hatte sie schon so lange nicht mehr beachtet, dass sie vergessen hatte, wofür sie lebte. In einem Anflug von Gewitztheit hatte er einmal gesagt, Hausfrauen erduldeten Tag für Tag das Immergleiche, um Nacht für Nacht das Immergleiche zu bekommen, und sie hatte ihm zugestimmt. Doch jetzt gab es nichts mehr zu erdulden, denn Mark Douglas wandelte immerfort auf Freiersfüßen.

»Ist eine Antwort erforderlich?«, fragte sie.

»Das liegt bei Ihnen, Cassy«, sagte Walter kühn.

Mrs Douglas betrachtete ihn nun nachdenklich, und als er sich aufs Fahrrad gesetzt hatte, öffnete sie den Brief.

Sam Marlow ging mit den in Leinwand gewickelten Baby-Igeln zum »Chaos« hinunter.

Mrs Rogers kam an die Tür, denn sie hatte ihn schon vom Fenster aus gesehen. Lächelnd stand sie auf der kleinen Veranda, und die Sonne schien ihr ins Gesicht und aufs Haar.

»Guten Tag.«

Sam trat einen Schritt zurück, um sie besser in Augenschein nehmen zu können. »Wie wunderbar«, sagte er sanft. »Und so schön. Sie sind das Wunderbarste und Schönste, was ich je gesehen habe.«

Mit geneigtem Kopf nahm Mrs Rogers sein Lob entgegen, ohne sich davon aus der Ruhe bringen zu lassen. »Gibt es etwas Bestimmtes, Mr ... hm ... Marlow, nicht wahr?«

»Sie sind wirklich eine reizende Frau«, ließ er sie wissen. Er trat näher und hob ihr Kleid an, sodass er ihre Knie sehen konnte. »Ich würde Sie gern nackt sehen«, sagte er nachdenklich.

Sie nickte. »Ein andermal, ich mache Abie gerade seinen Tee.«

»Ja. Ja, natürlich«, sagte Sam verständnisvoll und ließ den Rock fallen. »Natürlich. Vielleicht komme ich ungelegen?«

»Wenn Sie mich ausziehen wollen, schon«, sagte Mrs. Rogers.

»Das war es nicht.« Sam versuchte sich an den Grund seines Besuches zu erinnern.

»Na, kommen Sie rein«, sagte sie. »Möchten Sie vielleicht einen Tee?«

»Furchtbar gern. Danke.«

Er folgte ihr in den kleinen Bungalow und machte es sich in einem Sessel am Fenster bequem. Der kleine Junge, Abie, kam mit einem toten Kaninchen ins Zimmer. Sam blickte auf das Kaninchen und erinnerte sich an das Paket unter seinem Arm. Er wickelte die kleinen Igel aus und setzte sie auf den Boden, wo sie sich in einen Ball zu rollen versuchten, was sie in ihrem Alter aber noch nicht konnten.

»Igel!«, rief Abie erfreut.

»Kaninchen«, antwortete Sam, nahm das tote Kaninchen und streichelte es.

»Flöhe!«, rief die junge Mrs Rogers aus, nahm die Igel und trug sie in den Garten; auf dem Rückweg wusch sie sich an der Spüle die Hände. Abie folgte ihr hinaus und kniete sich zu den kleinen Tieren. Als Mrs Rogers mit einer dampfenden Tasse Tee ins Zimmer zurückkehrte, sagte Sam: »Tut mir leid. Das sind kleine Waisen.«

Sie lächelte wieder; das gefiel ihm.

»Wie heißen Sie?«, fragte er, als er seinen Tee trank.

»Jennifer«, sagte sie. »Jennifer Rogers.«

Im Geiste drehte und wendete er den Namen und war's zufrieden. »Wer ist der Mann da oben auf der Heide?«

»Was für ein Mann?«

»Sie wissen schon – Harry. Der Tote.«

Sie rümpfte leicht die Nase. »Ach, der. Das ist mein Mann.«

»Dann ist Ihr Mann also tot?«, fragte Sam höflich.

Sie nickte. »Ist Ihr Tee süß genug?«

»Ja, danke.«

Abie kam herein, nahm Sam das tote Kaninchen aus der Hand und ging aus dem Haus.

»Bleib nicht so lang«, sagte seine Mutter. »Dein Tee ist fertig.«

»Dann ist Harry Abies Vater?«, fragte Sam.

Sie schüttelte heftig den Kopf. »Abies Vater ist tot«, sagte sie traurig.

»Harry auch.«

»Ja, Gott sei Dank.« Es klang wie ein Tischgebet. »Er war zu gut fürs Leben.«

»Er sieht nicht so aus, als sei er zu gut«, gab Sam zu bedenken.

»Er war entsetzlich gut«, versicherte sie ihm.

»Ihr Mund gefällt mir auch.«

»Möchten Sie noch Tee?«

»Danke«, sagte Sam. Dann fügte er hinzu: »Wo ist Abie hin?«

»Zum neuen Captain«, sagte sie. »Er hat heute Nachmittag das Kaninchen geschossen, und Abie hat es gefunden.«

»Ich würde gern mehr über Ihr Leben erfahren«, sagte Sam. »Wenn es Ihnen nichts ausmacht. Verstehen Sie, wir wissen nicht recht, was wir mit Harry anfangen sollen. Vielleicht haben Sie einen Vorschlag.«

Die Wahrheit über Harry

»Sie können ihn meinetwegen ausstopfen«, sagte Jennifer. »Stopfen Sie ihn aus und stellen Sie ihn in eine Vitrine – aber bitte hinter Milchglas.«

»Sie mögen ihn gar nicht, oder? Was hat er Ihnen getan, außer Sie zu heiraten?«

»Hören Sie«, sagte Jennifer, als sie bei dem Künstler auf der Armlehne saß. »Ich wollte das mit Harry schon so oft erklären, nur konnte es keiner verstehen, am allerwenigsten Harry. Aber Sie – Sie sind Künstler. Sie haben einen Blick für Feinheiten.«

Sam pflichtete ihr bei. »Erzählen Sie mir alles, Jennifer.«

Der Blick der Frau verschleierte sich. »Es ist lange her«, sagte sie, »und ich war verliebt. Ich war allzu verliebt. Aber ich war jung, und er war noch jünger.«

»Wie lange ist das her?«, fragte Sam.

»Mal sehen«, sagte sie. »Wie alt ist Abie? ... Vier ... genau; also etwa vor vier Jahren.«

»Sie waren verliebt, nicht wahr?«, bemerkte Sam.

»Wir wollten heiraten«, erklärte Jennifer. »Es war alles arrangiert. Wir waren uns einig, über unsere jeweiligen Familien hinwegzusehen und alles. Und dann starb Robert …«

Sie hielt inne, eine tränenerstickte Pause, in der alle verpassten Chancen mitschwangen.

»Das war schlimm für Sie«, sagte Sam.

»Ich war untröstlich«, seufzte Jennifer, »sechs Wochen lang – dann stellte ich fest, dass ich ein Kind erwartete.«

»Das war misslich«, sagte Sam.

»Und da kam Harry ins Spiel«, sagte Jennifer. »Harry der holde Held. Harry der Heilige. Harry der Gute.«

»Wer war denn dieser Harry?«

»Roberts Bruder«, sagte sie, »sein älterer Bruder.«

»Der hat sich in Sie verliebt?«

Aus ihrem Mund kam ein verächtlicher Laut. »Hätte er sich in mich verliebt, hätte ich nichts dagegen gehabt. Aber er wollte mich bloß heiraten, weil ich in der Klemme steckte. Und weil sein Bruder mich in diese Klemme gebracht hatte.«

»Harry wollte mit in die Klemme«, sagte Sam.

Sie nickte düster. »Ich hatte keine Ahnung. Ich dachte, er liebt mich. Ich dachte, er hätte die ganze Zeit, in der Robert und ich zusammen waren, heimlich gelitten. Ich dachte, er liebt mich wie verrückt, und obwohl ich nicht so viel von ihm hielt, beschloss ich, in die Heirat einzuwilligen, damit Abie einen Namen hat.« Sie verstummte, und Sam nippte an seiner zweiten Tasse Tee. Dann sah sie auf ihn hinab, und eine milde Tragik lag in ihrem Blick. »In meiner Hochzeitsnacht erfuhr ich die Wahrheit.«

»Da erfahren die meisten Menschen die Wahrheit«, bemerkte Sam.

»Aber es war eine schreckliche Wahrheit«, sagte Jennifer. »Die Wahrheit über Harry.«

»Was ist passiert?«

»Wie alt sind Sie, Mr Marlow?«

»Ungefähr neunundzwanzig.«

»Folgendes ist passiert«, sagte sie halblaut. »Ich hatte mich ausgezogen …«

»Weiter«, ermunterte Sam sie.

»Ich hatte mich ausgezogen«, fuhr sie fort, »und mein Nachthemd übergezogen. Ich war als Erste ins Bett gegangen, verstehen Sie.«

»Ich verstehe genau«, sagte Sam.

»Obwohl ich für Harry eigentlich nichts empfand, hatte ich mich schon ein wenig erwärmt, weil ich dachte, dass er mich liebt.«

»Das hat bestimmt Mühe gekostet«, sagte Sam.

Jennifer war wieder bei ihrer Hochzeitsnacht und lief auf Hochtouren: »Ich saß am Fenster, und der Mond schien. Ich ging nicht ins Bett, weil ich wollte, dass er mein Nachthemd sieht.«

»Natürlich«, sagte Sam.

Jennifer kehrte einen Augenblick zu Sam zurück. »Ich weiß nicht, wieso ich Ihnen das alles erzähle – dazu noch einem völlig Fremden. Ich langweile Sie doch nicht?«

»Ganz und gar nicht«, sagte Sam höflich.

»Noch Tee?«

»Später«, sagte Sam. »Später.«

»Wo war ich?«, fragte Jennifer.

»Sie saßen am Fenster, und der Mond schien.

Sie waren nicht ins Bett gegangen, weil Sie wollten, dass er Ihr neues Nachthemd sieht. Sie hatten sich ein wenig für ihn erwärmt.«

Jennifer lachte leise. »Das alles habe ich gesagt?«

»Wo bleibt Harry?«, fragte Sam ungeduldig.

Ihre Miene wurde nüchtern, und die Heiterkeit verflog. »Endlich«, sagte sie, »kam Harry.«

»Was hatte er die ganze Zeit gemacht?«, fragte Sam verdrossen.

»Ein Bild von Robert gesucht.«

»Robert!«

»Robert«, wiederholte Jennifer. »Ein Foto meines toten Liebhabers. Ein Foto vom Vater meines Kindes. Ein Foto seines Bruders.«

»Wozu das?«

»Genau das wollte ich auch wissen. Es war nicht mal ein gutes Foto. Er sagte … Ich mag Ihnen gar nicht erzählen, was er geantwortet hat.«

»Ich würde es gern hören«, ermutigte er sie.

»Er hat geantwortet, ›Ich hänge den lieben Robert über unser Bett, Schatz. Du bekommst immerhin sein Kind. Wenn ich also mit dir schlafe, Jenny, möchte ich, dass du dir vorstellst, du würdest in Wahrheit mit Robert schlafen.‹«

Sam war entsetzt. »Das hat er gesagt?«

Sie nickte nüchtern. »Ich hätte mir ohnehin Robert dabei vorgestellt«, sagte sie, »aber dass er sich vorstellt, dass ich mir Robert vorstelle, das wollte ich nicht.«

»Aber nicht doch!«

»Und«, sagte Jennifer, »mein neues Nachthemd hat er keines Wortes gewürdigt.«

»Was haben Sie gemacht?«, fragte Sam.

»Ihn verlassen«, sagte sie. »Ich bin sofort zu meiner Mutter. So brauchte ich mir gar nicht Robert dabei vorzustellen, und nun hat es sich ein für alle Mal erledigt.«

»Was für eine ergreifende Geschichte«, sagte Sam.

Jennifer lächelte ihn traurig an. »Ich wusste, Sie würden sie verstehen – das tut sonst keiner. Selbst Mutter fand, ich sollte mit ihm zusammenleben. Wollte ich aber nicht. Was hat er mich bedrängt, zurückzukommen, aber ich weigerte mich. Schließlich bot er sogar an, das Foto über dem Bett abzunehmen, aber da war es zu spät.«

»Das kann ich Ihnen nicht verdenken.«

»Abie kam auf die Welt«, sagte Jennifer, »und sobald wie möglich zog ich weg, dorthin, wo Harry, wie ich dachte, mich niemals finden würde. Ich änderte meinen Namen ...«

»Doch er hat Sie gefunden?«

»Ja. Heute.«

»Gestern?«

»Nein. Heute. Heute Morgen. Es klopfte, und da stand er. Harry.«

»Was wollte er?«

»Endlich«, sagte Jennifer, »wollte er mich. Nicht wegen seines Bruders, sondern seinetwegen. Auf einmal spüre er so einen Drang, sagte er. Er wolle mich, weil ich seine Frau sei.«

»Wie war Ihnen da?«, fragte Sam.

»Schlecht«, sagte die junge Frau. »Haben Sie seinen Schnurrbart und seine gewellten Haare gesehen?«

Sam pflichtete ihr bei. »Als *ich* ihn sah«, sagte er, »war er allerdings tot.«

Jennifer zuckte mit den Schultern. »Er sah im Leben genauso aus, da war er bloß in der Vertikalen.«

»Was haben Sie ihm gesagt?«, fragte Sam.

»Nichts«, sagte Jennifer. »Ich habe ihm eine Milchflasche über den Kopf gezogen und ihn dösig geprügelt.«

»Was meinen Sie mit ›dösig‹?«

»Dumm und dösig«, sagte sie. »Dusselig. Er ist die Heide hochgewankt und meinte, er würde jetzt seine Frau suchen gehen.«

»Also ist er zum Schluss doch noch Mensch geworden?«

»Ja, aber für mich zu spät.«

»Ich nehme noch einen Tee.«

Während sie ihn zubereitete, lehnte er sich zurück und dachte nach.

TRUGBILD

»Das Schiff« war ein Gebilde aus verputzten Schalsteinen und billigem kanadischem Holz. Es lag in seinem kleinen Garten zwischen den Bäumen vor Anker. Wie es da lag in der Hitze des Sommernachmittags, sah es nicht nur gestrandet aus, sondern wie ein Wrack. Die Bullaugen waren staubig und mit einem grauen Stoff bedeckt, der Vorhang oder Spinnweb sein mochte. Der Anstrich war alt und wetterrissig, ungeschrubbt und übersät mit farblosem, getrocknetem Laub, herabgefallen an Hunderten feuchten Tagen. Dieser Bungalow hatte ganz entsetzlich unter Junggesellen gelitten.

Die drei Zimmer im Innern dieser Behausung waren vollgestopft mit Unordnung. Jedes mögliche Versteck für Krimskrams war wohlweislich genutzt worden. Sämtliche Möbelstücke, für die niemand je einen Nutzen fand, versammelten sich in diesen drei Räumen. Draußen in dem kleinen Schuppen standen noch immer vier Teekisten mit persönlichen Habseligkeiten, überwiegend Plunder, während die kostbaren Relikte in allen Zimmerecken Ehrenplätze einnahmen und den Bungalow mit gut dreißig Jahre umspannenden fluvialen Erinnerungen ausfüllten. Von einem Schwimmgürtel, der Albert Wiles das Leben gerettet, bis zum Hüftgürtel einer Deptforder Bardame, die es beinahe zerstört hatte. Derart zugestellt war dieser Bungalow, dass der Captain nur durch seine üblichen Strecken von Zimmer zu Zimmer eine Schneise schlagen konnte.

Als Captain Wiles um fünf Uhr an diesem angenehmen Sommernachmittag aus dem Kuddelmuddel heraustrat, ganz geschniegelt und gebügelt, war er wie das wundersame frische Ei, das aus dem Darm einer verlotterten Henne kommt. Aus irgendeinem seltsamen Grund hatte er sich größere Mühe mit seinem Äußeren gegeben als jemals zuvor, noch größere sogar als damals an dem berüchtigten Tag, da er sich zu Gertie aus Gravesend aufgemacht hatte mit dem Ansinnen, seinen alten Rivalen Tiger Wray auszustechen. Seltsam deshalb, weil Miss Graveley überhaupt keine Ähnlichkeit mit Gertie aus

Gravesend hatte, die jung, geschmeidig und rothaarig gewesen war. Allerdings war ja auch der Captain nicht mehr jung und geschmeidig, und Gertie, die schließlich Tiger geheiratet und ihm sieben Bengel beschert hatte, war erst recht nicht mehr jung und geschmeidig.

Diese Gedanken jagten dem Captain durch den Kopf, als er bei den Stockrosen der »Oase« anlangte. Diese und andere Gedanken. Er verglich den gepflegten kleinen Bungalow mit seinem eigenen. Die weißen Musselingardinen mit der bunten Stickerei, den glänzend blauen Anstrich der Tür und der Fensterrahmen, die geordnete Pracht des Gartens. Und bei alledem erinnerte er sich an Miss Graveleys nette graue Augen und ihr dunkles Haar. In seiner Erinnerung verschwand der altmodische »Dutt«, stattdessen sah er eine farbige Schleife inmitten munterer, doch gediegener Locken; ihre Augen leuchteten, und ihr Mund hatte eine Farbe, die zur Schleife passte, während ihre Wangen bonbonrosa waren wie die Stockrosen.

Es waren dies keine schlüssigen oder bewussten Gedanken, denn sein Leben lang war für ihn eine Frau eine Frau gewesen, ein Haus ein Haus und ein Garten die Heimstatt für Kohl. Nicht mehr und nicht weniger. Er war ein Mann von Welt, aufgeschlossen mit menschlichen Trieben und einem dienlichen Gewissen; die Ehe hatte er stets für unnütz befunden. Doch auf unbestimmte und beunruhigende Weise bargen nun die Geräusche des Waldes eine Andeutung von Hochzeitsglocken, und der Grund dafür, wusste der Captain, war, dass seine Erinnerung ihn trog. Er wusste, dass es an der Schleife und den leuchtenden Augen und den rosigen Wangen lag.

Er klopfte an die Tür der »Oase«, trat mit straffen Schultern und einem Lächeln auf dem geschrubbten Gesicht zurück und betrachtete sich wohlwollend im glänzenden Anstrich. Als Miss Graveley auf das Klopfen reagierte, kam sie allerdings von hinten, denn sie hatte Rosen geschnitten, die sie nun im Arm trug.

»Da sind Sie also«, sagte sie.

Der Captain fuhr herum, und seine Pose war dahin. Ihm war, als hätte man ihn dabei erwischt, wie er im Spiegel Grimassen schnitt. Dann vergaß er die Peinlichkeit und verlor sich im Anblick der Frau, wie sie dort eingerahmt von der Veranda vor ihrem Garten stand. Seine Erinnerung hatte ihn nicht getrogen. Da waren Locken und die Schleife und die rosigen Wangen und die leuchtenden Augen. Und da waren außerdem, hinter dem Summen der Bienen und dem gelangweilten Tschirpen eines Vogels, diese Glocken.

»Jawohl, Ma'am«, sagte er und nahm die Mütze ab.

Willst du ein Kaninchen verkaufen?

Abie Rogers gab sich alle Mühe, an der Tür zum »Schiff« Gehör zu finden. Für einen kleinen Jungen machte er gewaltigen Radau mithilfe eines rostigen Kochtopfdeckels, den er vorne auf dem Weg gefunden hatte.

Er polterte, und keiner kam. Er polterte wieder, und wieder kam keiner. Das führte er fünf Minuten lang fort, dann legte er das tote Kaninchen vor die Haustür und ging über den Gartenweg zurück. Als er am Gatter ankam, blickte er zurück und sah, wie eine Katze am kleinen Kadaver schnüffelte. Mit großer Zielgenauigkeit warf Abie den Topfdeckel, der mit großem Gescheppert direkt neben der Katze landete. Die Katze, ein großes, getigertes Tier, das dem Captain gehörte, erkannte den Topfdeckel als das Ding wieder, das den größten Teil des gestrigen Tages an seinem Schwanz gehangen hatte, trollte sich resigniert, doch erstaunlich nachsichtig, und erwartete, dass der Deckel folgte.

Abie ging zurück und hob das Kaninchen auf. Da stand er nun, streichelte das Fell und fragte sich, was dem neuen Captain zugestoßen sein könnte. Und während er dort stand, wurden die stillen Laute aus dem Wald von einem Lachen übertönt. Es war ein Männerlachen, offenbar hinter den Stockrosen der »Oase«. Abie regte sich nicht gleich, denn sein Instinkt sagte ihm, dass sich nebenan unmöglich ein Mann aufhalten konnte. Nebenan wohnte Miss Graveley, und Miss Graveley sprach nur mit Frauen und Mädchen und mit Jungen unter zwölf.

Kurz darauf lag das Lachen wieder in der Luft, und Abies Jagdinstinkt siegte über seinen sonstigen Instinkt und sagte ihm, dass der neue Captain tatsächlich bei der Nachbarin zu Besuch war. Mit dem baumelnden Kaninchen zu seinen Füßen ging er den Waldweg zu Miss Graveleys Bungalow hinauf. Er ging um den Bungalow herum, und als er zum Wohnzimmerfenster kam, sah er Miss Graveley und ihren Gast zu beiden Seiten eines äußerst einladenden Tee-Arrangements sitzen, das verschiedene Kuchensorten umfasste. Abie trat in ihr Blickfeld und hielt das tote Kaninchen hoch. Sein Blick war unbeirrt auf die Kuchen gerichtet.

Als Miss Graveley Abie und das Kaninchen erblickte, erhob sie sich und machte das Fenster ganz auf. »Nun, kleiner Mann«, sagte sie, »möchtest du wohl ein Kaninchen verkaufen?«

»Das gehört dem neuen Captain«, sagte Abie und reckte den Hals, um den Kuchen im Visier zu behalten.

Der Captain war mit einem halben Schritt am Fenster. »Wie bitte?«

Abie reichte ihm das Kaninchen, ohne den Kuchen aus dem Auge zu verlieren. »Sie haben es getötet«, sagte er abgelenkt, »mit Ihrem Gewehr.«

Der Captain hielt das Kaninchen auf Armeslänge von sich und blinzelte es an, als handelte es sich um ein kostbares Ölgemälde.

Miss Graveley sah ihm dabei mit leicher Belustigung zu. »Sie müssen es heute Nachmittag geschossen haben. Das wird ein hübsches Abendessen.«

Der neue Captain antwortete nicht, denn ihm fehlten die Worte. Und das war seltsam, denn eben noch hatte er seine Gastgeberin mit einer Fülle von Räuberpistolen über Bredouillen und Bedrängnisse in fernen und gefährlichen Landen ergötzt. Doch Captain Wiles, der nichts dergleichen je erlebt hatte, aber schon lange den Ehrgeiz hegte, ein Kaninchen zu erlegen, drehte angesichts dieses kleinen felligen Opfers schier durch. Er teilte das Fell und musterte die Schusswunde. Er fühlte dem Kaninchen den Puls. Er blickte ihm in die toten Augen. Sein Gesicht wurde im Zehnsekundentakt weiß und puterrot. Er atmete schwer und verzückt. Er versuchte, Abie etwas zu sagen, vergeblich. Einige Minuten lang war er völlig außer sich, derweil Abie vor dem Fenster stand und die Kuchen betrachtete und Miss Graveley hinter dem Fenster stand, den Captain betrachtete und nachsichtig lächelte. In die Nachsicht mischte sich eine gewisse Zuneigung. Solche Aufregung bei einem Mann seines Alters war liebenswert.

Schließlich hielt Captain Wiles das Kaninchen hoch und fand seine Stimme wieder: »Ich habe ein Kaninchen getötet! Ich habe ein verflixtes Kaninchen getötet!« Dann langte er aus dem

Fenster und wuschelte dem Jungen durchs Haar. »Wo hast du es gefunden, Kleiner?«

»Auf dem Kuchen«, antwortete Abie umgehend.

»Hm?«

»Auf der Heide.«

Miss Graveley holte Abie ein großes Stück Kuchen, und der kleine Junge zog sich dankbar zurück. Der Captain ging langsam zu seinem Sessel und streichelte das Fell seines kleinen Opfers. »Das muss ich Sam erzählen«, murmelte er. In dem Moment übertrug sich seine Freude über das Kaninchen auf alles, und er freute sich darüber, dass er Sam Marlow kennengelernt hatte, dass er die junge Mrs Rogers durch den Unfall mit Harry so glücklich gemacht hatte, dass er dem Landstreicher zu Schuhen verholfen hatte. Und besonders darüber, dass er Miss Graveley kennengelernt und die Glocken gehört hatte. Unversehens legte er seine Hand auf ihre und sagte: »Es ist ein schöner Nachmittag, Ma'am.«

Sie wiederum legte die andere Hand auf seinen Arm. »Ich finde Sie furchtbar nett, Captain Wiles, selbst wenn Sie mich belügen.«

Der Captain machte den Mund auf, um vielleicht zu protestieren, doch Miss Graveley legte ihm den Finger auf die Lippen, und er schwieg. Sie wechselten einen Blick. Es war der Blick zwischen einem erwachsenen Mann und einer erwachsenen Frau in einer Erwachsenenwelt.

Nette Menschen

Die Sonne stand tief über der Heide, als Captain Wiles und Sam mit ihren Spaten ankamen. Der Farn und die Büsche warfen lange Schatten, kleine Kaninchen zuckten im kurzen Gras zusammen und hoppelten rasch in Deckung.

Der Captain spähte in den Rhododendron. »Er hat's gemütlich, Sam«, sagte er. »Sehr lauschig und gemütlich.«

Sam sagte: »Wir sollten eine Stelle für ihn finden und graben. Je eher er unter der Erde ist, desto besser.«

»Wenn das stimmt, was Sie mir erzählt haben«, sagte der Captain, »stimme ich Ihnen zu, Sammy.«

Sie gingen über die Heide auf der Suche nach einem einsamen, abgeschiedenen Flecken, an dem die Erde weich genug zum Graben war. Sam führte sie in Farnkraut, das höher stand als der Rest, dicht und übermannshoch. Der kleine Captain stolperte hinterdrein, stakste durch Brombeergesträuch und duckte sich vor der struppigen Vegetation.

»Das sieht gut aus«, sagte Sam vornübergebeugt.

Sie begutachteten den möglichen Friedhof. Er wurde vollständig von Farn umschlossen und nur vom Himmel bewacht. Hier war es beinahe so trübe wie unter dem Rhododendron. Der Boden war ein weiches Bett aus schwarzem Mulch.

»Eigentlich ein schönes Plätzchen für so einen Burschen«, flüsterte Captain Wiles. »Hätt nichts dagegen, selber hier begraben zu werden.«

»Eins nach dem anderen, bitte«, flüsterte Sam und zog seine Jacke aus.

Der Captain sah ihm dabei zu, wie er den Mulch wegschaufelte. Als Sam sein Publikum bemerkte, sah er auf. »Na, kommen Sie schon – runter mit dem Mantel.«

»Was, ich?«

»Ja, natürlich, ist doch Ihre Leiche.«

Sie gruben. Sie gruben, und sie schwitzten. Sie gruben heftig und schweigend, und der feuchte, schwarze Mulch wölkte auf. Allmählich, ganz allmählich schufen sie ein rechteckiges

Loch und förderten zu beiden Seiten einen riesigen Haufen Erde zutage.

Bald schon musste der Captain seine Schaufelladungen über die Schulter hochwerfen. Er arbeitete tapfer weiter, bis es nicht mehr ging. Mit einem letzten verzweifelten Schwung schleuderte er den Spaten aus dem Loch und ließ sich gegen die Erdmauer sinken.

»Was ist los?«, fragte Sam durch einen Vorhang aus Schweiß.

»Erledigt«, schnaufte der Captain.

»Gut«, sagte Sam. »Ich war schon vor zehn Minuten erledigt, wollte aber durchhalten, bis Sie auf dem letzten Loch pfeifen.«

Der Captain versuchte hinaufzuklettern, holte damit aber lediglich eine Menge Erde zurück.

»Bloß nicht«, sagte Sam. »Sonst bekommen Sie noch Ihren Willen und werden hier begraben. Moment, ich helfe Ihnen.«

Sam packte Captain Wiles am Hosenboden und hievte ihn hinaus, dann folgte er. Sie blickten ins Loch hinab, es war groß und tief und schwarz und roch intensiv nach Erde.

»Ganz schön gruselig«, sagte der Captain.

»Dann holen wir doch mal Harry«, sagte Sam und ging voran durch den Farn.

Gemeinsam trugen sie Harrys Leiche, die steif war wie ein Brett. Sam nahm Kopf und Schultern, der Captain die bloßen Füße. So bald wie möglich verschwanden sie im Farn, um niemandem zu begegnen, der sich fragen mochte, was sie da trieben.

Die Reise vom Rhododendron zum Grab, gerade mal fünfzig Meter Luftlinie, wirkte wie eine kleine Ewigkeit, denn es war gar nicht so einfach, den Farn mit dem Kopf beiseitezuschieben, mit den Füßen nicht in den Brombeeren steckenzubleiben und gleichzeitig die Leiche festzuhalten. Und als sie sie endlich ins Grab hinabließen, war dieser schauerliche Flecken beinahe dunkel.

»Ab sofort«, sagte Sam, als sie sich aufrichteten, »halten Sie sich, wenn Sie unbedingt töten müssen, an Kaninchen. Die Leichen sind kleiner.«

Captain Wiles, der angefangen hatte, die Erde auf Harrys Gesicht zu schaufeln, fuhr urplötzlich herum und rief: »Kaninchen! Hab ich

Ihnen noch gar nicht erzählt, oder, Sammy? Ich habe heute ein verflixtes Kaninchen geschossen. Mausetot geschossen.«

»Nicht so laut«, mahnte Sam. »Das weiß ich. Ich war bei Jennifer, als Abie damit zu Ihnen aufbrach.«

»Jennifer, hm?«, sagte der Captain. »Sie haben nichts anbrennen lassen, nicht? Aber ich kann's Ihnen nicht verdenken. Eine sehr nette Witwe wird sie abgeben, zweifellos. Sehr nett sogar.«

»Reden wir drüber, wenn wir Harry unter der Erde haben, ja?«, sagte Sam, als Harrys Gesicht langsam verschwand.

»Nicht so empfindlich«, sagte der Captain. »Ich will nicht über Ihre Affären sprechen – hab schließlich selber welche.«

Sam warf ihm einen Blick zu. »Meinen Schützling meinen Sie?«

»Wie bitte?«

»Miss Graveley«, sagte Sam. »Die Lady, die ich heute unten bei Mrs Wiggs renoviert habe. Eine bemerkenswerte Rückkehr zur Femininität.«

Der Captain hielt inne und lehnte sich auf seinen Spaten. »Ich versteh Sie nicht recht, Sammyboy.«

Auch Sam lehnte sich auf seinen Spaten. Über das düstere Grab hinweg sahen sie sich an. »Sie kam ganz aufgeregt ins Emporium«, sagte er. »Wollte eine Schleife für ihr Haar und eine neue Tasse und alles Mögliche. Ich habe ihr ein wenig Make-up verpasst und eine neue Frisur – sagen Sie nicht, das ist Ihnen nicht aufgefallen?«

Der Captain kratzte sich am Kinn. »Komisch«, sagte er nachdenklich. »Ich muss eine sogenannte Vorschau gehabt haben, Sammy. Als ich sie heute auf der Heide gesehen hab – kurz nachdem ich Harry erschossen hatte –, ist mir ihre Femin … Feminit … na, das da eben nicht aufgefallen; doch als ich später an sie dachte, sah ich sie genau so vor mir, wie sie war, als ich zum Tee kam.«

»Ich glaube, das ist bedeutsam«, sagte Sam.

»Sie ist eine sehr nette Lady, Sam. *Sehr* nett.«

»Wir sind alle nett«, sagte Sam und schaufelte weiter. »Ich verstehe gar nicht, wie jemand uns nicht mögen kann.«

»So fühle ich mich heute auch, Sammy.« Captain Wiles packte mit frischer Energie an. »Ich weiß nicht, ob ich eine rosarote Brille trage oder ob …«

»Oder ob es Liebe ist.« Sam klopfte die Erde auf Harry mit dem Spatenrücken fest.

»Was hat Jennifer zu meinem Treffer gesagt?«, fragte der Captain, ebnete den Boden ein und schob toten Farn darüber.

»Sie meinen Mrs Rogers?«, korrigierte ihn Sam.

»Mrs Rogers, na, ich weiß nicht«, sagte der Captain. »Ich kann mich ja wohl als Freund der Familie betrachten. Mit einer Kugel habe ich ihr die Freiheit beschert.«

»Eine Kugel?«, fragte Sam. »Und der Igel?«

»Eine Kugel für den Igel, eine für die Papiertüte und eine für Harry«, sagte der Captain feierlich.

»Und das Kaninchen?«

»Und eine fürs Kanin…«

Captain Wiles stockte, und Sam Marlow sah ihn fragend an. Der kleine Mann stand da mit tumber Miene und zählte an den Fingern ab.

Langsam drehte er sich um, und seine Augen waren ungläubig aufgerissen.

»Was ist?«, fragte Sam.

Der Captain nahm seinen Spaten und fing an, den Mulch von Harrys Grab zu schaben.

»He! Was soll das? Was hat Sie denn gestochen?«

»Drei Schüsse habe ich abgegeben«, murmelte der Captain. »Drei. Einen auf den Igel, einen auf die Tüte, einen auf ...«

»Den kleinen Mann im Grab«, flötete Sam.

»Nein, Sammy. Das ist es ja. Einen aufs Kaninchen. Ich habe das Kaninchen erschossen. Wenn ich das Kaninchen erschossen habe, habe ich Harry nicht erschossen. Wozu haben Sie mich getrieben, Sammyboy? Sam Marlow, Sie haben mich zum Mörder gemacht.« Fieberhaft grub er in der Erde nach Harry.

Sam setzte sich in den Farn und sah zu. Ihm fiel wenig dazu ein.

»Sitzen Sie da nicht rum!«, flehte der Captain über die Schulter. »Sie haben mitgeholfen, ihn zu vergraben.«

Schließlich wandte Sam ein: »Selbst wenn

Sie ihn nicht umgebracht haben, wozu ihn ausgraben, wo er jetzt so schön verstaut ist? Ich habe Jennifer versprochen, dass wir ihn begraben, und begraben werden muss er. Außerdem, ob Sie ihn getötet haben oder nicht, Sie haben sich bereits belastet. Eine Leiche, die Sie vergraben und nicht getötet haben, müssen Sie eher rechtfertigen als eine Leiche, die Sie aus Versehen getötet und dann vergraben haben. Leichen, die man findet, soll man nicht vergraben. Das macht Menschen richtig verdächtig. Man bringt sie zur Polizei oder meldet sie oder so.«

»Ach, Sam, Sie verstehen mich nicht. Sie verstehen gar nichts. Sie wollen doch nicht, dass ich durchs Leben gehe, ohne zu wissen, ob ich ihn umgebracht habe oder nicht?«

»Jetzt widersprechen Sie sich aber«, sagte Sam. »Erst erzählen Sie mir, Sie hätten kein Gewissen, dann reden Sie von etwas, das erstaunlich nach einem Gewissen klingt.«

»Kommen Sie, helfen Sie mir«, bat der Captain. »Mir egal, ob ich ihn umgebracht habe oder nicht, so gesehen, aber jedes Mal, wenn ich einen Polizisten sehe, kriege ich Bammel, garantiert.

Wollen Sie, dass ich mit Bammel durchs Leben gehe, wenn es nicht unbedingt sein muss, hm?«

Sam zuckte mit den Schultern. Der Captain warf ihm einen verzagten Blick zu, bevor er in der Erde verschwand.

Sam steckte sich eine halbe Zigarette an und wartete. Kurz darauf tauchte der Kopf des Captains wieder auf. »Ich habe einen Arm«, sagte er. »Helfen Sie mir, ihn rauszuziehen.«

Seufzend stand Sam auf.

Und schon lag Harry am Rand seines kürzlich ausgehobenen Grabes. Der kurze Aufenthalt unter der Erde hatte ihn kaum mitgenommen, nur hing eine Menge schwarzer Erde in seinen Haaren.

»Stecken Sie ein Streichholz an«, sagte der Captain.

Sam steckte ein Streichholz an.

»Halten Sie es hierher, ans Blut.«

Sam hielt das Streichholz nah an die Stirn der Leiche.

»Das ist keine Schusswunde«, rief Captain Wiles aus. »Es ist ein sogenannter Schlag mit einem dumpfen Gegenstand.«

Sam schnippte das Streichholz in den Farn und sah es verlöschen. Er paffte an seiner Zigarette, nahm einen tiefen Zug und blies den Rauch auf eine beharrliche Mücke.

Der Captain beobachtete ihn, denn in diesem Augenblick fühlte er sein Selbstbewusstsein eigentümlich schwinden.

»Sam?«, sagte er zögerlich.

Sam hob eine Augenbraue.

»Was meinen Sie, Sam?«

»Ich meine, kleiner Mann, dass wir in einen Mord verwickelt sind.«

»Wenn es Mord ist«, sagte Captain Wiles, »wer war dann der Töter?«

»Täter«, korrigierte ihn Sam.

»Sag ich doch, Töter. Wer, von Jennifer abgesehen, würde ihn umbringen wollen?«

»Von Jennifer abgesehen ...«, murmelte Sam.

Der Captain musterte ihn. »Glauben Sie ...«

»Machen Sie sich nicht lächerlich«, sagte Sam. »Sie haben selbst gesagt, die Leiche zu finden, hat sie überrascht.«

»Sie sagten, sie hat ihm auf den Kopf gehauen«, brachte der Captain an. »Ich hab von einem Fall gehört, da hat sich ein Kerl den Kopf an einer Ziegelwand gestoßen, und zwei Tage später war er tot.«

»Wahrscheinlich von einem Bus überfahren«, sagte Sam. »Nein, das war nicht Jennifer. Hören Sie, was spielt es für eine Rolle, wer es war – am besten ist er begraben und aus dem Weg.«

»Finde ich nicht!«, sagte der Captain. »Ich begrabe nicht die schlechten Angewohnheiten eines anderen.«

»Angenommen, es wäre Miss Graveley?«, warf Sam ein.

Der Captain schwieg eine Weile, lachte dann, und das Lachen wurde über den Farn getragen und kam als Echo zurück.

»So lustig ist das gar nicht«, sagte Sam. »Sie wirkte nicht besonders aufgebracht, als sie sah, wie Sie die Leiche über den Weg schleppten.«

Der Captain schüttelte den Kopf. »Ihr Künstler habt keine Ahnung von Etikette. Miss Graveley ist eine Lady mit feinen Manieren und Kinderstube. Eine Lady, die ihre Gefühle für sich behält. Hätte ich Harry nicht bei den Füßen gehabt, sie hätte ihn wahrscheinlich nicht mal erwähnt. Als sie fragte: ›Frisch von der Jagd?‹, war das reine Höflichkeit, praktisch wie ›Schöner Tag heute, nicht wahr‹ oder so was …«

»Helfen Sie mir, ihn wieder zu begraben?«, fragte Sam. »Es könnte Miss Graveley gewesen sein oder der Landstreicher oder Mark Douglas oder Mrs D'Arcy oder …«

»Jennifer«, sagte der Captain.

»Ich sagte bereits …« Sam unterbrach sich schulterzuckend. »Was sollen wir darüber streiten. Wir sollten ihn loswerden.«

Der Captain schob Harry mit dem Fuß an, die Leiche rollte über den Rand ins Grab und fiel mit einem dumpfen Knall auf den weichen Boden. »Bitte schön. Ich habe geholfen.«

Sam nahm den Spaten.

Das Liebesnest

Die Sonne ging unter, und der Mond tauchte auf wie eine behäbige Jonglierkugel. Sparrowswick Heath wurde unter den vier Himmelsecken in wunderschöne Schattierungen von Kupfer, Blau und Silber getaucht.

Unter der Eiche am Ende des Waldwegs traf Walter D'Arcy auf Mrs Douglas. Die kleine Frau kam mit fragendem Blick auf ihn zu, und zur Antwort führte er sie auf einen Spaziergang durchs Farnkraut.

Kurz darauf kam frisch frisiert Captain Albert Wiles mit Miss Graveley des Wegs. Der Captain war jetzt eher kleinlaut, da er wusste, dass sie sich nicht täuschen ließ, und wenn er etwas zu sagen hatte, musste es aufrichtig sein.

Als sie weitergezogen waren, kamen Sam Marlow, Jennifer und Abie aus dem Wald und flanierten über den Heideweg wie eine kleine Familie beim Verdauungsspaziergang. Jennifer trug ein weißes Leinenkleid mit scharlachrotem Gürtel und Sam ein sauberes Cricket-Hemd und eine Hose mit der Andeutung einer Bügelfalte. Abie stolzierte voran mit stolzierendstem Schritt und spähte beherzt in die Schatten.

Schon bald gelangte Abie zu der Stelle, an der er den Mann mit dem blutigen Gesicht entdeckt hatte. Er blieb stehen.

»Was ist?«, fragte Sam, als er bei ihm ankam.

»Hier hat er Harry gefunden«, sagte Jennifer. »Kommt weiter, das ist doch makaber.«

»Aufstehen, Wüstling!«, sagte Abie.

Seine Mutter zog ihn an der Schulter. »Abie!«

»Na schön!«, erinnerte sich Abie. »Du hast es so gewollt!«

Sie gingen schweigend weiter, denn die Erinnerung an Harry hatte die Stimmung ein wenig getrübt.

»Ich frage mich, wieso Abie das gesagt hat, genau an der Stelle«, sagte Sam.

Jennifer fragte sich gar nichts, denn sie bewunderte den orangeroten Mond und wie er Erde und Himmel beschien.

»Abie«, sagte Sam prompt.

»Ja, Marlow?«, sagte Abie.

»Nenn ihn Sam«, verlangte seine Mutter, als sie aus ihrer Träumerei erwachte.

»Ja, Sam?«, sagte Abie gehorsam.

»Wer hat das gesagt: ›Aufstehen, Wüstling‹?«

»Die Lady im Liebesnest«, sagte Abie umgehend.

»Was ist denn ein Liebesnest?«, fragte Sam einigermaßen konsterniert.

Da mischte sich Jennifer ein, und sie klang peinlich berührt. »Das hat er von mir«, gab sie zu. »Er kam neulich nach Hause und erzählte mir, er hätte … hm … gewisse Nachbarn von uns im Farn zusammensitzen sehen.«

»Liegen, Mummy.«

»Verstehe«, sagte Sam. »Und wer war die Lady im Liebesnest, Abie? Die gesagt hat ›Aufstehen, Wüstling‹?«

»Weiß ich nicht.«

»Wo war dieses Nest?«

Abie blieb stehen und zeigte nach hinten auf den Weg, auf dem sie gekommen waren.

Sam drehte sich um und ging zurück. »Komm, zeig's mir«, sagte er. Sie gingen zurück bis zu der

Stelle, an der Harry gelegen hatte. »War es hier?«, fragte Sam.

Abie nickte heftig. Sam sah Jennifer an, aber es schien sie nicht die Bohne zu interessieren.

Sie sagte: »Er meint neulich.«

»Da bin ich mir nicht so sicher«, sagte Sam. »Wann hast du dieses Liebesnest gesehen?«, fragte er Abie.

»Neulich.«

»Dieses hier?«

»Morgen«, sagte Abie nach einiger Überlegung.

Jennifer lachte. »Aus Abie wird man nicht schlau; er hat seine eigene Zeitvorstellung, und die richtet sich nicht nach Greenwich. Egal, wozu schlafende Hunde wecken?«

»Wo wir jetzt wissen, dass es nicht der Captain war«, sagte Sam, »möchtest du nicht wissen, wer es getan hat?«

»Wozu einem geschenkten Gaul ins Maul gucken?« Jennifer sah sich nach dem Mond um.

»Hör zu, Abie.« Sam wandte sich an den kleinen Jungen. »Als die Lady gesagt hat, was sie gesagt hat, wo war sie da genau?«

»Im Liebesnest.«

»Und wo ist das Liebesnest?«

»Hier.« Abie zeigte auf Farn und niedergetrampeltes Gras.

»Und wann war das?«

Abie zögerte. »Bald«, sagte er schließlich.

»Was hat der Mann gesagt?«, fragte Sam unbeirrt.

»Na schön, du hast es so gewollt!«, sagte Abie.

»Und wo war der Mann ...«

»*Sam!*«, sagte Jennifer ungehalten. »Himmel noch mal!«

Sam winkte ab und wiederholte seine Frage.

»Im Liebesnest«, antwortete Abie wie bei einem Gesellschaftsspiel.

»Und wo ist das Liebesnest?«

»Genau hier.«

»Und was hast du gemacht?«

»Mich hingelegt.«

»Warum?«

»Der neue Captain hat auf mich geschossen«, sagte Abie stolz.

»Und wo hast du das Kaninchen gefunden?«

Abie sah sich um, dann zeigte er den Weg hinunter. »Dahinten.«

»Und wen hast du zuerst gefunden, den Mann oder das Kaninchen?«

»Den Mann«, sagte Abie, »aber den konnte ich nicht aufheben.«

Jennifer trat den Rückweg an. »Kommt schon. Mir gefällt es hier nicht.«

»Sekunde«, sagte Sam. Er ging ein Stück ins Farnkraut, und Jennifer blickte ihm nach. Er sah, dass es niedergedrückt war, aber mehr ließ sich in der Dunkelheit nicht erkennen. Er entzündete ein Streichholz und steckte sich erstmal eine halbe Zigarette an. Als das Streichholz den heruntergetrampelten Pfad erleuchtete, sagte er: »Komm mal her, Jennifer.«

Die junge Frau trat an seine Seite und blickte auf den Boden. »Sieht aus, als hätte er gekämpft. Wieso wohl?«

Sam hielt die schwindende Flamme hoch. »Sieht aus, als hätte *jemand* gekämpft.«

Jennifer dachte eine Weile darüber nach, und das Streichholz erlosch. »Du meinst – du glaubst, er war ... in Begleitung? Einer Frau?«

»Möglich«, sagte Sam.

»Du könntest vielleicht Recht haben«, sagte Jennifer und ging zu Abie zurück, der den Weg hütete. »Harry war in ausgesprochen merkwürdiger Stimmung, als ich ihn zuletzt sah.«

»Würdest du sagen, frustriert?«

»So könnte man es wohl nennen«, sagte Jennifer.

Als Sam Marlow, Jennifer und Abie zurückgingen, kamen Mark Douglas und Mrs D'Arcy hinter einem Baum hervor. Sie betrachteten eine Weile die Höhlung aus niedergetretenem Farnkraut, und die Blondine sagte: »Was um alles in der Welt war das denn?«

Mark Douglas sagte: »Sie haben scheint's um diesen Flecken Farn eine Kriminalgeschichte gesponnen.«

Die Blondine kicherte. »Wie kindisch!«

Mein Verbrechen
auf Ihrem Gewissen

Captain Albert Wiles, ehemaliger Themsekahnführer, saß neben Miss Graveley und sah mit beträchtlicher Befriedigung zum Mond hinauf. Sie saßen zusammen auf einem gefällten Baumstamm auf einer der kleinen Lichtungen. Der Captain paffte seine Pfeife und staunte über die Annehmlichkeit des Lebens.

»Komisch, wissen Sie«, sagte er.

Miss Graveley betrachtete ihn höflich. Er paffte wieder und brachte eine kleine silberblaue Rauchwolke hervor, durch die er sie ansah, freundlich und dankbar.

»Komisch, wie wir uns alle innerhalb eines Nachmittags angefreundet haben. Ich wusste, dass Sie nicht so prüde und steif sind, wie alle behaupten, aber ganz und gar nicht.«

»Tatsächlich?«, sagte Miss Graveley.

»Ich bin ein Mann, der die menschlichen Qualitäten in einer Frau erkennt«, sagte der Captain, und sein Blick wanderte zum Mond und darüber hinaus nach Deptford bis zur Themse. »Als ich Sie zum ersten Mal sah, Sie und Ihr schniekes kleines Werk hinter den Stockrosen, da habe ich mir gesagt …«

»Captain Wiles.« Miss Graveley unterbrach seinen Redeschwall, um sich weitere Peinlichkeiten zu ersparen.

»Ma'am?« Der Captain war zurück auf der Erde und ein wenig beklommen. Er musste sich daran erinnern, dass ein flotter Spruch aus Limehouse in Sparrowswick Heath mühelos ein Fauxpax sein konnte.

»Bevor Sie mir Ihre reizenden Gedanken eröffnen«, sagte Miss Graveley und musterte ihre Füße, »möchte ich Ihnen erklären, weshalb ich Sie so plötzlich zum Tee eingeladen habe – und heute Abend mit Ihnen hierhergekommen bin …«

»Nein, Ma'am«, rief der Captain aus und hob abwehrend die Hand. »Sie müssen gar nichts erklären, Ma'am. Sie kommen mir in einer schweren Zeit zu Hilfe, Ma'am, dafür bin ich aufrichtig dankbar. Wenn ich allzu vertraulich war oder mich im Ton vergriffen habe, wie man so sagt, tut es mir leid. Es ist ja so, Ma'am, dass ich eigentlich kein Mann der Worte bin. Ein linkischer Trottel, könnte man sagen, wenn es darum geht, Komplimente zu machen ...«

»Aber nicht doch, Captain. Ganz im Gegenteil, ich finde Ihre Gesellschaft erquicklich. Doch schulde ich Ihnen einfach eine Erkärung ...«

»Bitte nicht!«, sagte der Captain. »Wenn Sie annehmen sollten, dass ich einen falschen Eindruck von Ihnen bekomme, weil Sie mich zum Tee und zum Spaziergang eingeladen haben, so versichere ich Ihnen, dem ist nicht so. Sie haben die Lage erkannt, in der ich mich heute Mittag befand – mit dieser Leiche in meinen Händen und so weiter –, und Sie haben die Augen davor verschlossen, richtig sportlich, wenn ich das so sagen darf ...«

»Genau über die ... hm ... Leiche wollte ich mit Ihnen ...«

»Schweigen Sie!«, sagte der Captain. »Dazu komme ich nun. Ich freue mich, Ihnen mitteilen zu können, dass meine Aufregung jeglicher Grundlage entbehrte. Ich war einfach kopflos, nicht daran gewöhnt, Menschen kaltblütig zu erschießen, wissen Sie ...«

»Captain Wiles!«, sagte Miss Graveley mit jäher Entschlossenheit.

»Ja, Ma'am?«

»Ich versuche Ihnen zu sagen, weshalb ich Sie zum Tee gebeten habe – ich empfinde nämlich …«

»Zuneigung!«, rief der Captain aus. »Ah, eine zugeneigte Frau erkenne ich auf den ersten Blick. Zuneigung und Geselligkeit und …«

»… Dankbarkeit!«, rief Miss Graveley aus. Sie schob das Wort so geschickt ein, dass der Captain innehalten und darüber sinnieren musste.

»Dankbarkeit?«, sagte er nachdenklich. »Ich bin derjenige, der dankbar sein sollte …«

»Nein.« Miss Graveley nahm die Unterhaltung in die Hand. »Ich war dankbar – ich *bin* dankbar. Dafür, dass Sie meine Leiche begraben haben.«

Der Captain starrte die Lady im Mondschein an und vergaß, an seiner Pfeife zu ziehen. Schließlich sagte er: »Ihre Leiche?«

»Der Mann, von dem Sie dachten, Sie hätten ihn umgebracht«, erklärte Miss Graveley, »war der Mann, dem ich meinen Wanderschuh über den Kopf gezogen habe.«

Der Captain brachte nur heraus: »Sie haben Harry Ihren Wanderschuh über den Kopf gezogen?«

»Er ist mir zu nahe getreten.« Miss Graveley errötete bei der Erinnerung. »Ich war auf dem Weg nach Hause, als er mit wildem Blick auf mich zukam und seine Rechte einforderte.«

»Seine Rechte?«, fragte der Captain.

»Er wollte mir weismachen, wir seien verheiratet«, sagte sie. »Und ob Sie es glauben oder nicht, Captain Wiles, ich habe ihn noch nie in meinem Leben gesehen – und wenn, dann hätte ich ihn nicht geheiratet!«

»Was hat er denn gemacht?«, fragte der Captain.

»Er hat mich ins Gebüsch gezogen …«

»Ja?«

»Ich lief wieder hinaus …«

»Weiter.«

»Er zog mich wieder hinein …«

»Ach?«

»Er beschimpfte mich – schreckliche Männerlaute. Ich habe sie natürlich nicht verstanden …«

»Natürlich nicht!«, sagte der Captain. Bei dem Gedanken kochte er vor Empörung.

»Wir haben gerangelt.« Miss Graveley blickte mit grimmiger Miene in die Nacht, die Hände fest verschränkt.

»Und dann?«

»Habe ich gewonnen«, sagte Miss Graveley nicht ohne Stolz. »Mein Schuh hat sich bei dem Kampf gelöst. Ich habe ihn geschlagen. So heftig ich konnte – auf die Schläfe, wo David Goliath geschlagen hat.«

»Und Sie haben ihn getötet!« Der Captain hatte Mühe, dies mit der mittelalten Jungfer in Einklang zu bringen.

Die Lady zuckte mit den Schultern. »Muss ich wohl. Ich war verärgert, Captain. Zutiefst verärgert.«

»Natürlich«, sagte der Captain.

»Ich glaube, so verärgert war ich noch nie. Folglich war ich mir meiner Fertigkeiten nicht bewusst.«

»Puh!«, murmelte der Captain und betrachtete sie mit neuerlicher Bewunderung. »Anscheinend hat Mrs Rogers ihn dusselig gehauen, und Sie haben ihn dann erledigt.«

Miss Graveley bedachte den kleinen Captain, der nun seine Pfeife wieder ansteckte, mit einem verwirrten Blick. »Wieso würde Mrs Rogers ihn dusselig hauen?«

»Sie war seine Frau.«

»Die Arme! Ich hatte ihr einen besseren Geschmack zugetraut.«

»Ich glaube, da können wir sie entlasten«, sagte der Captain. »Verstehen Sie …«

Der Captain brachte Miss Graveley auf den neuesten Stand. Schließlich sagte sie: »Wissen Sie, Captain, als ich weglief, beschloss ich, niemandem zu sagen, was passiert war – es ist beschämend für eine Frau meines Alters …«

»Gar nicht …«, hob der Captain an. »Ich meine, Sie sind gar nicht alt. Ich meine …« Er verlor sich, seine Worte konnten das, was er meinte, so gar nicht einfangen. Er steckte erneut die Pfeife an und schwieg.

»Wie gesagt«, fuhr Miss Graveley fort, »als ich weglief, beschloss ich, niemandem zu sagen, was passiert war. Dann traf ich auf Sie und dachte, wie praktisch, dass Sie denken, Sie hätten ihn erschossen – diesen Gedanken müssen Sie mir verzeihen.«

»Naheliegend«, sagte der Captain.

»Und deshalb war ich Ihnen so dankbar«, sagte sie. »Ich fühlte – fühle – mich Ihnen verpflichtet.«

»Ganz und gar nicht«, sagte der Captain. »Vergessen wir's.«

»Nein, nein!«, rief sie aus. »Das dürfen wir nicht. Das wäre ja ungerecht – das Wissen mit sich herumzutragen, dass Sie einen Mann begraben haben, den Sie nicht getötet haben. Sie hätten mein Verbrechen auf Ihrem Gewissen ...«

»Mir durchaus ein Vergnügen.«

»Aber nein! Nun, da mir klar wird, dass dieser Mann von Sinnen und meine Tat gerechtfertigt war, gibt es keinen Grund, es nicht den Behörden zu melden ...«

»Den Behörden?« Entsetzt blickte der Captain seine Begleiterin an. Der Gedanke, Harry wieder auszugraben, trieb ihm den Schweiß auf die Stirn.

»Dann wird die ganze Geschichte manierlich beigelegt«, sagte Miss Gravely. »Die Polizei wird sicher keinen Ärger machen, wenn wir alles erklären. Vielleicht kommt es nicht mal in die Zeitung ...«

»Das glauben Sie doch nicht im Ernst, Ma'am!«, platzte es schließlich aus dem Captain heraus. »Die gieren danach, die Zeitungen, nach so was. Mord und Werbung, dafür leben die. Lassen Sie ihn ruhen. Vergessen Sie einfach, dass es passiert ist, so halten wir es auch, ich und Sammy und Jennifer.«

»Aber es ist nicht Ihre Leiche«, sagte Miss Graveley. »Immerhin habe ich sie umgebracht, also ist es nur recht, wenn ich bestimme ...«

»Ja, aber ...«

»Finden Sie nicht?«

»Ja ...«

»Dachte ich mir doch! Wissen Sie was, Captain Wiles, wir holen jetzt einen Spaten ...«

»... aber ...«

»Und hinterher«, sagte Miss Graveley fröhlich, »mache ich Ihnen einen Kakao.«

Riesig, so Bäume

Oberhalb der Bungalows stand auf einer kleinen Lichtung im dichtesten Teil des Waldes eine alte Scheune mit Reetdach. Diese Scheune wurde selten gesichtet oder aufgesucht, denn es führte kein Weg zu ihr, und der Wald war mit Brombeergesträuch und Dickicht zugewachsen. Die Lichtung, auf der sie stand, ließ gerade mal genug Sonnenlicht herein, um das Gras zu grünen, und genügend Mondlicht, um sie mit schwarzen Schatten zu fluten.

Die Scheune hatte zwei Fenster, beide sauber und hell und so ganz anders als das alte schwarze Holz der Wände. Vom Reetdach stak in lachhaftem Winkel ein gebogenes Rohr ab; im Winter blies dieses Rohr Rauch durch die dicht umstehenden Bäume. Es war ein uraltes Haus, das bewohnbar gemacht worden war.

Zu dieser Scheune kamen um etwa halb elf an jenem Abend Sam Marlow, Jennifer Rogers und Abie. Sam ging voran, hielt die Brombeeren über Jennifers Kopf hoch und hob Abie durch die dunkelsten und kratzigsten Stellen. Schließlich standen sie vor dem alten Haus, und Jennifer war froh, dass der Künstler in diesem dürftigen Licht ihre Reaktion nicht mitbekam.

»Sag nicht, dass du hier wohnst!«, rief sie aus. »Ich hatte keine Ahnung, dass du ein Einsiedler bist.«

Sam sagte erstmal gar nichts, er ging einfach voran und stieß die Tür auf. Mit einem Blick zurück boxte er an den Türrahmen. »Wäre dein Bungalow auch nur halb so gut und solide wie das hier«, sagte er, »würde dein Bungalow auch nur ein Zehntel so lang stehen wie das hier«, sagte er, »hätte dein schiefer kleiner Schuppen auch nur einen Splitter gutes englisches Holz ...«

»Sam!« Jennifer stellte sich zu ihm in die Tür und legte eine Hand auf seinen Arm, damit er sich die Faust nicht weiter wehtat. »Tut mir leid. Wirklich. Ich hatte ja keine Ahnung, wie sehr du dieses Haus liebst.«

Sam fragte: »Habe ich geschimpft?«

»Ein bisschen«, sagte Jennifer, »aber das habe ich mir selbst zuzuschreiben.«

»Nein, es liegt an mir, Jennifer. Ich hatte schon immer Mühe, länger als zehn Minuten am Stück höflich oder gesellig zu sein. Ich wurde vom Campus gejagt, weil ich den Dekan an der Nase gezogen habe.«

Jennifer wartete auf sein Lachen, vergeblich. Seine nüchterne Miene brachte schließlich sie zum Lachen. »Wunderbar! Was für eine wunderbare Tat!«

»Meinst du das ernst?« Sam sah sie geradezu flehentlich an.

»Natürlich meine ich das ernst. Es laufen bestimmt Horden von Menschen mit schrecklichen Verklemmungen durch die Gegend, weil sie nicht den Mut hatten, den Dekan an der Nase zu ziehen.«

Abie bahnte sich einen Weg durch ihre Beine in die Scheune. Sam und Jennifer folgten ihm: Sam steckte ein Streichholz an und entfachte eine Öllampe mit hohem Glaszylinder, die auf einem groben Tisch stand.

Der Raum war so groß, dass das Licht die entlegenen Ecken nicht ausleuchtete. Auf dem Fußboden, der plan und fachmännisch aus Holzpflaster gefertigt war, lag ein feiner, leuchtend bunter Teppich. Der grobe Tisch, auf dem die Lampe stand, war der abgesägte Stamm eines riesigen Baums, der aus dem Boden zu wachsen schien. Jennifer betrachtete den Raum, während Sam Jennifer betrachtete und Abie auf Erkundungstour ging.

»Wie findest du es jetzt?«, fragte Sam.

»Herrlich – wie Aladins Höhle«, sagte sie. Sie blickte auf die hohe Balkendecke und die Wände, die planlos, doch geschmackvoll von allen möglichen Gemälden und Zeichnungen erdrückt wurden. Außerdem standen Dutzende von Schnitzarbeiten herum – Schiffe, Hunde, Männer und Frauen ohne Arme, ansonsten aber ganz vollkommen. »Herrlich!«, sagte sie erneut. »Du bist wirklich begnadet, Sam. Du solltest daraus Kapital schlagen.«

Sam zuckte mit den Schultern. »Ich habe ein anderes Kapital. Viel Freiheit, jede Menge Platz und Bäume. Riesig, so Bäume. Man kann sie ansingen und anschreien. Man muss in ihrer Anwesenheit nicht umgänglich oder höflich sein. Sie stehen einfach da, lauschen und warten …«

Jennifer grübelte. »Aber hast du nicht auch manchmal Lust auf Honigkuchen, Sam?«

Ihre Frage verblüffte ihn. »Wer, ich?«

»Ja.«

»Doch«, gab er zu.

Jennifer lachte kurz auf und fuhr ihrem kleinen Sohn durch die Haare. »Es ist seltsam, aber ich fühle mich so wohl in deiner Gegenwart. Es ist schön, so direkt mit jemandem umzugehen, der so – direkt ist wie du.«

»Wer, ich? Direkt?«

»Ja. Wenn ich mit dir rede, fühle ich mich wie eine Romanfigur – du weißt, wie direkt die sein müssen, sonst würden sie doch ihre Geschichte nie vor dem letzten Kapitel fertigkriegen. Im richtigen Leben bringen die Menschen fünfzig Prozent ihrer Zeit damit zu, das, was sie sagen wollen, hinter Wörtern zu verbergen, und die anderen fünfzig Prozent mit dem Versuch herauszufinden, was die anderen Menschen verbergen.«

Sam erwiderte ihren Blick, sehr ernst. Er sagte: »Mir gefällt, wie du redest und was du sagst.«

»Kann ich einen Honigkuchen haben, Mummy?«, fragte Abie, sah zu ihnen hinauf und rieb sich die Augen.

Jennifer lachte Sam über den Kopf des kleinen Jungen hinweg an. »Er müsste längst im Bett sein. Ich bringe ihn jetzt besser nach Hause.«

»Ich komme mit«, sagte Sam.

»Nicht nötig«, sagte Jennifer. »Es ist schon spät.«

»Ich will huckepack laufen«, sagte Abie.

»Ich komme mit«, sagte Sam.

Ich hole meinen Spaten

Als Abie im Bett war, kochte Jennifer Kaffee. Sie wollten ihn gerade trinken, da klopfte es heftig an der Tür. Es waren der neue Captain und Miss Graveley. Gegen das Licht blinzelnd traten sie ein. Der Captain hemdsärmelig und verschwitzt, in der Hand einen Spaten.

»Was ist passiert?«, fragte Sam.

»Ich hab was zu erzählen«, sagte Captain Wiles.

Miss Graveley packte ihn am Arm. »Nein, Captain. *Ich* habe etwas zu erzählen.«

»Entscheidet euch«, sagte Sam.

Miss Graveley baute sich auf. »Ich habe Harry Worp getötet«, sagte sie, »mit meinem Wanderschuh.«

Jennifer gähnte. »Ach, den.«

Sam sah den Captain an: »Hab ich doch gesagt.«

Miss Graveley blickte in die Runde. »Wir sind auf dem Weg, die Polizei zu rufen«, sagte sie.

Sam und Jennifer setzten sich auf und wurden hellhörig.

Der Captain setzte hinter Miss Graveleys Rücken eine bedauernde Miene auf. »Ich sage ihr immer wieder, dass das nicht nötig ist. Sie haben auch so schon genug Leichen.«

»Sie haben Recht«, sagte Sam. »Das wäre unredlich. Er ist tot und begraben.«

»Na ja, das stimmt so nicht.« Der Captain wischte sich mit dem Ärmel den Schweiß von der Stirn.

Sam blieb beinahe der Mund offen stehen. »Sie haben ihn nicht schon wieder ausgebuddelt?«

Miss Graveley ging dazwischen. »Ich habe darauf bestanden, Mr Marlow. Sie haben nichts zu befürchten. Das ist ganz allein meine Angelegenheit. Sobald ich alles über seinen Besuch hier erfahren hatte, wusste ich, dass ich nichts zu verbergen hatte. Über eine Lady und einen Wahnsinnigen kann es keinen Klatsch geben.«

»Sie werden sich wundern«, sagte Sam. »Ihnen ist offensichtlich nicht klar, Miss Graveley, was ein Mord nach sich zieht – stundenlange

Verhöre, Fotos, ihr gesamtes Privatleben schamlos in den Zeitungen breitgetreten.«

»Wie kommen Sie darauf, dass mein Privatleben schamlos sei?«, erkundigte sich Miss Graveley scharf.

Der Captain amüsierte sich still über die Beschämung des Künstlers.

»Das habe ich so nicht gemeint. Die Schnüffelei der Zeitungen ist schamlos. Sie werden Ihnen ohne Ende zusetzen. Polizei, Reporter, Detektive …«

»Mein Entschluss steht fest«, sagte Miss Graveley. »Der Captain hat mich überredet, Mrs Rogers von meinem Vorhaben in Kenntnis zu setzen. Immerhin hat sie am meisten mit der Geschichte zu tun. Was halten Sie davon, Mrs Rogers?«

Jennifer schenkte noch zwei Tassen Kaffee ein. »Mir will nicht in den Kopf, weshalb Sie so ein Gewese um Harry machen. Wenn er unter der Erde war, verstehe ich nicht, weshalb er da wieder raus sollte. Doch da er nun mal ausgegraben ist, sehe ich nicht ein, wieso Sie nicht tun sollten, was Sie für richtig halten.« Sie fügte hinzu: »Offen gestanden – Kaffee? – ist mir egal, was Sie mit Harry anstellen, solange Sie ihn nicht wiederbeleben.«

Miss Graveley nahm den Kaffee entgegen. »Dann habe ich also freie Hand?«

»Durchaus, von mir aus …«

»Moment«, unterbrach Sam. »Ich glaube, du hast da was vergessen, Jennifer. Ist dir bewusst, dass dann auch alle Einzelheiten deiner Ehe öffentlich gemacht werden? Einschließlich Abies Herkunft?«

»Ach«, sagte Jennifer.

Miss Graveley sah besorgt aus. »Ich muss gestehen, daran hatte ich auch nicht gedacht.«

Der Captain schlürfte geräuschvoll und erleichtert seinen Kaffee.

»Wo habt ihr die Leiche diesmal abgelegt?«

»Oben auf der Heide – beim Weißbirkenstand«, sagte der Captain.

»Ich hole meinen Spaten«, sagte Sam tonlos und resigniert.

Miss Graveley seufzte. »Ich fürchte, ich mache Ihnen wirklich eine Menge Arbeit. Tut mir leid.«

»Nicht der Rede wert«, sagte Sam.

Jennifer sagte: »Wir gehen alle zusammen. Ich war noch nie bei einer inoffiziellen Beerdigung.«

»Das hier ist meine dritte.« Der Captain stand auf und blickte reumütig auf die Uhr, die jetzt halb zwölf anzeigte. »Und das alles in einer Nacht.«

Und schon gingen die vier den mondbeschienenen Weg von Sparrowswick Heath hinauf, auf der Suche nach Harry. Die Leiche war nicht so mühelos wiederzufinden, wie der Captain angedeutet hatte, da es oben auf der Heide viele Weißbirkenstände gab. Doch endlich platzte der Captain aus Heide, Farn und Tannen hervor.

»Hier ist er«, rief er. »Los, Sie nehmen die Füße, Sam, und ich die Schultern.«

Sam und der Captain trugen die Leiche zurück zum Grab, während die Frauen hinterherliefen wie ein Paar gleichgültiger Trauergäste.

»Wie wäre es mit einer kleinen Andacht?«, schlug der Captain vor, als sie Harry über das dunkle Loch hielten.

»Mir fällt nichts ein«, sagte Sam. »Außerdem tun mir die Arme weh.«

»Hinein mit ihm«, drängte Jennifer. »Für Gebete ist es jetzt zu spät. Wo immer er hinkommt, inzwischen ist er da.«

Das ist kein Horn

Auf ihrem Heimweg wurde die stille Nacht jäh von einem Hornsignal durchdrungen, das von unterhalb des Waldes zu kommen schien.

Sie blieben stehen. Miss Graveley sagte: »Was mag das nur sein?«

»Klang wie die Begrüßungstrompeten für Harry«, sagte Captain Wiles.

»Da kannten Sie Harry schlecht«, sagte Jennifer, den Kopf lauschend zur Seite geneigt.

Sam betrachtete sie. »So würde ich dich gerne malen, Jennifer – du siehst bezaubernd aus, wie du da stehst und im Mondlicht lauschst.«

Sie hob den Kopf und lächelte ihn an. »Wie würdest du es denn nennen, Sam?«

Sam überlegte. »Einfach … ›Lauscher‹. Ja, ›Lauscher‹.«

»So heißt eine Zeitschrift«, sagte der Captain. »Denken Sie sich was Eigenes aus.«

Bevor Sam weiter nachdenken konnte, drangen die Horntöne erneut zu ihnen.

»Ich glaube, das ist jemand hier oben auf der Heide«, sagte Sam. »Wunderschön, oder?«

»Ich weiß, was es ist«, sagte Miss Graveley. »Das ist die Geisterkutsche, die vor zweihundert Jahren immer vorbeifuhr – die alte Straße führte nämlich geradewegs oben über die Heide.«

»Geisterkutsche?«, fragte der Captain mit erstauntem Stirnrunzeln.

Sam streckte das Gesicht zum Himmel und füllte die Brust mit frohlockendem Atem. »Ach, in einer solchen Nacht ein Wegelagerer zu sein!«

»Hört mal!«, rief Jennifer. »Getrappel.«

»Pferde?«, flüsterte Miss Graveley.

»Wenn es ein Pferd ist, hat es gelernt zu rufen«, bemerkte Sam.

Die Stimme kam offensichtlich auf sie zu. Eine Stimme so dünn wie die Luft mit der immergleichen Litanei. Eine Frauenstimme.

»Was sagt sie denn?«, fragte der Captain.

»Gleich wissen Sie's«, sagte Jennifer. »Sie kommt hierher – da ist wieder das Horn!«

»Sie ruft meinen Namen«, sagte Sam plötzlich. »Das ist die alte Wiggy.«

»Und die rennt?«, fragte der Captain.

»Das ist bestimmt Wiggy«, sagte Sam, den Blick nun fest auf den Weg gerichtet. »Tatsächlich, Wiggy – seht her, hier kommt sie.«

Eine seltsame Gestalt kam im Mondschein auf sie zugetrabt. Sie trug ein langes Nachthemd, das weiß unter einem Morgenmantel hervorlugte, und ihr Haar flog hinterdrein.

»Mr Marlow! Mr Marlow! Wo sind Sie, Mr Marlow?«, rief sie.

Sam trat mitten auf den Weg und hob die Hand. »Wiggy! Was um alles in der Welt wollen Sie? Wechselgeld für Sixpence?«

Sie blieb stehen und sah sich die Vierergruppe an, zu atemlos, nachdem sie das Rufen eingestellt hatte, um auch nur zu reden. Sie nahm Sams Arm und zeigte zurück in Richtung Wald. In dem Moment ertönte wie auf ihr Kommando das Horn.

»Haben Sie einen Albtraum?«, fragte Sam freundlich.

»Er ist Millionär!«, keuchte sie schließlich. »Er will Ihre Bilder kaufen, Mr Marlow! Alle und noch mehr. Er sagt, Sie sind ein Genie, Mr Marlow!«

»Merkwürdige Uhrzeit, um Bilder zu kaufen«, grummelte Sam.

Er sah Jennifer und die anderen an. Jennifer zuckte mit den Schultern, der Captain schüttelte den Kopf, und Miss Graveley sagte leicht zitternd: »Gehen wir einen Kakao trinken.«

Sie gingen auf den Wald zu. Unterwegs fragte Sam. »Wozu bläst er das Horn?«

»Das ist kein Horn«, sagte Mrs Wiggs. »Das ist seine Autohupe. Ein riesengroßer Rolls-Royce. Er hat mich die ganze Siedlung hochgefahren, so weit es ging. Wir waren bei Ihrem Atelier, konnten Sie aber nirgends finden.«

»Wir waren graben«, erklärte Sam und legte sich den Spaten bequemer über die Schulter.

»Graben, das ist gut für Sie«, sagte Mrs Wiggs. »Mein Henry hat immer geschworen, dass es sein Rheuma kuriert.«

»Was will dieser Millionär denn bezahlen?«, fragte Sam.

»Ich habe zwölf Shilling Sixpence verlangt für die Trauben, die an dem Schwertfisch hängen«, sagte Mrs Wiggs, »aber er meinte, das kommt gar nicht in Frage. Meinte, die sind unschätzbar.«

»Klingt für mich nicht unschätzbar«, kommentierte Captain Wiles. »Klingt eher wie ein Kneipenschild.«

Sam sah auf den kleinen Captain herab. »Dieses Bild symbolisiert den Anbeginn der Welt – Sie wissen schon: ›Er schuf die Erde und das Meer und alles darin‹.«

»Ach so«, sagte der Captain.

»Unschätzbar«, wiederholte Mrs Wiggs, trat auf ihr Nachthemd und klammerte sich an Sam, um nicht zu stürzen.

»Ich werde es schon einschätzen«, sagte Sam.

»So hingerissen davon. Er hat einen Stein an mein Fenster geworfen, um mich aus dem Bett zu holen. Da war ich erstmal böse, weil ich dachte, er will eine Limonade, aber er meinte, dass er heute Nachmittag schon mal da war und die Bilder gesehen hat, aber nicht warten konnte …«

In dem Moment trat ein Pärchen aus dem Gebüsch, angezogen von den Rufen und dem Palaver. Es waren Mark Douglas, der Vermieter, und Mrs D'Arcy, die Blondine. Zu ihnen gesellte sich beinahe umgehend ein weiteres Paar, das unweit davon im Gebüsch gesessen hatte. Hier handelte es sich um Mr Walter D'Arcy und Mrs Mark Douglas. Sie standen da und starrten einander an.

»Mark!«, rief Mrs Douglas aus.

»Mein Gott! Cassy! Und mit einem meiner Mieter!«

Walter D'Arcy trat auf Mark Douglas zu und tippte ihm auf die Schulter. Er zeigte auf die Blondine, die ihn mit einer Mischung aus Verblüffung und Entzücken betrachtete.

»Und das«, sagte Mr D'Arcy, »ist meine Frau.«

»Walter!«, rief die Blondine, trat auf ihren Mann zu und schlang ihm die Arme um den Hals. »Du warst mit einer Frau unterwegs!«

»War auch mal höchste Zeit.« Walter nickte.

»Wusste ja gar nicht, dass du das Zeug dazu hast«, sagte die Blondine beglückt.

»Cassy!«, rief Mark Douglas erneut, mit schmerzerfüllter Stimme. »Dass du mir so was antun kannst! Mir, deinem Mann!«

Dann brach er jäh in Tränen aus. Lauthals schluchzend floh er heimwärts. Seine Frau folgte ihm mit triumphaler Miene, während die D'Arcys Arm in Arm dastanden und ihnen hinterherblickten. Schließlich machten auch sie sich auf den Heimweg, händchenhaltend und lachend.

Mrs Wiggs sagte zu Sam, als habe es eben keinerlei Unterbrechung gegeben: »Und schimpfen Sie nicht mit ihm, hören Sie, Mr Marlow? Seien Sie freundlich. Vielleicht wendet sich Ihr Schicksal. Und vergessen Sie nicht, auch Ihre Stimme zu erwähnen.«

»Was ist mit meiner Stimme?«

»Wie die singt«, sagte Mrs Wiggs.

»Wieso?«

»Man kann nie wissen«, sagte Mrs Wiggs, »bei diesen Millionären.«

Wo die Liebe hinfällt

Sam Marlow und seine Freunde standen im Mondschein am Straßenrand unten an der Sparrowswick-Bungalow-Siedlung. In der Ferne verklang das Brummen des Rolls-Royce und das gelegentliche melodische Triumphgeschmetter der Hupe. Alle Blicke waren auf ein Stück Papier geheftet, das Sam fest in der Hand hielt. Es war ein Scheck über zweihundert Pfund.

Als das Auto außer Hörweite war und die Hupe die Nacht nicht länger aufstörte, sagte Sam schließlich: »Also. Kann mir jemand erzählen, was gerade passiert ist?«

Mrs Wiggs sah ihn unsicher an. Dann sagte sie: »Ich gehe rein und mache Ihnen einen schönen Tee.«

Sam klopfte ihr auf die Schulter. »Bleiben Sie, Wiggy. Ich möchte, dass jemand die Worte des Gentleman wiederholt. Ich möchte wissen, ob ihr auch gehört habt, was ich gehört habe.«

»Folgendes habe ich gehört«, sagte Jennifer

sachlich. »Er sagte, dass du ein Genie bist, Sam Marlow. Er sagte, dass deine Gemälde es mit der besten modernen Kunst aufnehmen können. Er sagte, dass er höchstpersönlich deinen gesamten Bestand aufkaufen und dir eine Privatausstellung in London verschaffen würde. Er hat gesagt, er gibt dir zweihundert Pfund für die Bilder bei Mrs Wiggs, und nächste Woche kommt er wieder und sieht sich die restlichen an.«

Sam nickte zu alledem nachdenklich, denn es war eine Bestätigung dessen, was er gehört hatte. »Was habe ich darauf geantwortet?«, fragte er.

»Dass du tatsächlich ein Genie bist und gern eine Anzahlung hättest.«

Sam schnippte auf den Scheck. »Und die habe ich bekommen.«

»Die hast du bekommen«, pflichtete Jennifer fröhlich bei.

»Gut gemacht, Sammy«, sagte Captain Wiles. »Ganz hervorragend.«

»Und was stellen Sie nun mit Ihrem Vermögen an?«, fragte Miss Graveley.

»Teilen«, sagte Sam umgehend.

»Nein, nein«, widersprach Miss Graveley rasch. »Sie dürfen nicht zu großzügig sein.«

»Das stimmt, Sammy«, sagte der neue Captain. »Denken Sie ans Alter.«

»Genau daran denke ich«, sagte Sam. »Ich will es ja nicht mit allen teilen. Sondern mit einer guten Frau.«

Miss Graveley strahlte wohlwollend. »Wie schön! Sie heiraten!«

Jennifer starrte Sam an. »Du Geheimniskrämer, Sam. Du hast mir gar nicht erzählt, dass dir die Liebe winkt.«

Sam zuckte mit den Schultern. »Das hielt ich für ein wenig aufdringlich. Immerhin habe ich dich erst heute richtig kennengelernt.«

»Mag sein«, sagte Jennifer. »Aber als Allererstes hast du mir gesagt, ich sei das Wunderbarste und Schönste, was du je gesehen hast. Du hättest mir den Kopf verdrehen können – oder, schlimmer noch, ich hätte mich in dich verlieben können.«

»Und wieso solltest du dich nicht in mich verlieben?«, fragte Sam. »Ich bin schließlich in dich verliebt.«

»Sekunde, Sammyboy«, sagte der Captain. »Sie werden mir doch über so ein bisschen Kleingeld kein Hallodri. Erst heißt es, Sie wollen jemand heiraten, und im nächsten Atemzug heißt es, Sie lieben Jennifer.«

»Also«, sagte Sam halb verwirrt, halb kratzbürstig zu seinen Begleitern, »macht man das nicht so? Ist das nicht die richtige Reihenfolge? Erst sage ich, dass ich sie heiraten will, dann sage ich, dass ich sie liebe ...«

»Aber Mr Marlow ...«, hob Miss Graveley an.

»Ich kapier das nicht«, bekannte der Captain freimütig.

Sam wandte sich an Jennifer. »Und du, Jennifer?«, fragte er in einer seiner sanfteren Stimmlagen.

Jennifer lachte ein wenig nervös, dann stockte und schluckte sie. »Du meinst – du willst *mich* heiraten?«

Sam tippte auf den Scheck in seiner Hand. »Warum denn nicht?«

»Aber ...« Jennifer suchte fieberhaft nach einem Einwand. »Ich habe gerade erst meine

Freiheit zurück«, sagte sie schließlich. »Heute erst.«

Sam zuckte mit den Schultern. »Wie gewonnen, so zerronnen«, sagte er. »Außerdem würdest du, wenn du mich heiratest, deine Freiheit behalten.«

Jennifer fand ihr Lächeln wieder. »Dann bist du gewissermaßen einzigartig!«

»Ich halte die Freiheit in Ehren«, sagte Sam. »Mehr noch: Ich liebe die Freiheit. Wir wären wahrscheinlich das erste freie Ehepaar der Welt.«

Jennifer blickte zum Mond, als suchte sie Rat. Dann sagte sie:

»Das kommt sehr plötzlich. Du musst mir etwas Zeit geben, Sam.«

»Verständlich«, sagte Sam einsichtig. »Ich gebe dir Bedenkzeit, bis wir bei dir sind.«

Mrs Wiggs gab auf. »Ich gehe wohl mal wieder ins Bett«, sagte sie tonlos, was bedeutete, dass das Bett zumindest verständlich und verträglich war.

»Nur zu, Wiggy«, sagte Sam, »und morgen bekommen Sie Ihre zehn Prozent.«

»Gute Nacht, Mr Marlow«, sagte Mrs Wiggs

und verschmolz so gründlich mit den Schatten des Efeus an den Mauern ihres Ladens, dass keiner der Anwesenden hätte sagen können, ob sie je dagewesen war.

Als sie bei Jennifer ankamen, legte sie ihre Hand auf Sams Arm.

»Ich habe mich entschieden, Sam«, sagte sie.

Sam sah sie erwartungsvoll an. Der neue Captain und Miss Graveley blieben am Gatter hinter ihnen stehen und warteten auf Jennifers Entscheidung.

Jennifer sagte: »Ich glaube, ich will dich heiraten, Sam, wenn es dir nichts ausmacht. Ich mag dich, wir haben eine Menge gemeinsam, und Abie braucht einen Vater.«

Sam legte sichtlich vergnügt den Arm um sie.

»Darf ich dich dann küssen?«

»Ich bitte darum.« Jennifer schloss die Augen.

»Was für ein schöner Anblick«, sagte Miss Graveley.

Der Captain fuhr forschend mit der Zunge an den Zähnen entlang, während er das junge Paar in der Umarmung sah. Er erinnerte sich an die Glocken, die er am Nachmittag gehört hatte, und fragte sich, ob sie in seinem oder in Sams Kopf geläutet hatten.

Sam und Jennifer lösten sich erfreut und zufrieden aus der Umarmung und betrachteten einander wie eine köstliche Errungenschaft. Miss Graveley und der neue Captain stürmten herbei.

»Herzlichen Glückwunsch, meine Liebe«, sagte Miss Graveley und gab Jennifer ein Küsschen auf die Wange. »Wie sich alles fügt!«

»Sie sind ein Glückspilz, Sammy«, sagte der Captain und quetschte dem Künstler die Hand. »Ich glaube, Sie werden sehr glücklich zusammen da oben im Wald, wie zwei Turteltäubchen. Und sollte ich über meinen Einsatz bei Harrys Begräbnissen gemurrt haben, tut es mir leid, denn nun sehe ich ja, dass es sich gelohnt hat. Wenn ich noch irgendetwas für Sie beide tun kann, bin ich nur allzu bereit, mit anzu...«

»Moment!« Sam zog mit nachdenklicher Miene seine Hand zurück.

»Was gibt's, Sam?«, fragte Jennifer.

»Harry«, sagte Sam. »Ich fürchte, die Sache mit Harry ist noch nicht erledigt, Schatz.«

»Das verstehe ich nicht«, sagte Jennifer. »Wenn irgendjemand erledigt ist, dann Harry – er wurde drei Mal beerdigt.«

»Bevor wir heiraten können«, sagte Sam sanft, »musst du beweisen, dass du frei bist; um zu beweisen, dass du frei bist, musst du beweisen, dass Harry …«

»… tot ist«, beendete Jennifer den Satz. »Wie schrecklich verwickelt!«

»Ach, das finde ich aber gar nicht.« Miss Graveley sah den Captain erwartungsvoll an.

»Was sehen Sie mich so an?«, fragte der Captain erschrocken. »Ich tue alles, um Ihnen zu helfen, Sammy, aber bitte, bitte bitten Sie mich nicht, Harry wieder auszugraben!«

»Na na«, sagte Miss Graveley vorwurfsvoll.

»Nein.« Jennifer packte Sam am Arm. »Das können wir nicht machen.«

»Wenn Sie fürchten, dass Ihre erste unglückliche Liebe ans Licht kommt …«, fing Miss Graveley an.

»Nein«, sagte Jennifer. »Sam wäre es mir wert. Um Sie mache ich mir Sorgen, Miss Graveley. Mord ist Mord, wie mildernd auch immer die Umstände, und das wäre ganz und gar nicht schön für Sie.«

»Durchaus nicht«, sagte der Captain. »Lassen wir ihn lieber, wo er ist. Um jemanden für tot erklären zu lassen, muss man ohnehin nur sieben Jahre warten …«

»Sieben Jahre!«, stöhnte Sam. »Dann bin ich ein alter Mann!«

»Sei nicht albern, Sam«, mahnte Jennifer. »Du hast schon viel länger als sieben Jahre gewartet.«

Sam betrachtete sie. »Ja, aber jetzt weiß ich, worauf ich warte.«

»Ich bestehe darauf, dass Sie den erbärmlichen Kerl ausgraben«, sagte Miss Graveley. »Ich pfeife darauf, was die zu mir sagen. Man braucht mich doch nur anzusehen, um zu wissen, dass der Mann verrückt war.«

»Das sehe ich aber anders!«, sagte der Captain mit Nachdruck.

Alle sahen ihn an. Der Captain blickte zu Boden und scharrte mit den Füßen.

»Tatsächlich, Captain Wiles?«, fragte Miss Graveley zugewandt.

Der Captain straffte die Schultern. Sein Herz raste davon, denn Miss Graveleys Miene und Stimme hatten soeben etwas wie Ermunterung ausgedrückt. »Ich grabe ihn aus«, sagte er.

Das darf doch nicht wahr sein

Um ein Uhr nachts machten sich vier Menschen und zwei Spaten erneut auf den Weg zum Grab im Farnkraut. Die Heide war zu dieser Stunde vollkommen entrückt. Der Mond war errötet und angeschwollen und fiel der Sonne hinterher; zwischen den Bäumen und über Farn und Gesträuch lag der leise Argwohn eines Nebels. Er trug ein dünnes Frösteln in die Luft und eine Anmutung von Feen, Kobolden und Filmkulissen.

Jetzt standen Miss Graveley und Jennifer, die Mäntel wie Umhänge um die Schultern, in der Dunkelheit und sahen dabei zu, wie der Captain und Sam Harry zum dritten Mal ausgruben.

Plötzlich sagte Jennifer: »Aber vielleicht.«

Die Männer gruben weiter, und Miss Graveley sah weiter zu.

»Aber vielleicht«, sagte Jennifer, »können wir vergessen, wie es wirklich passiert ist.«

Sam hörte auf zu graben und sah zu ihr hinüber. Miss Graveley sah sie an. Der Captain grub weiter.

»Ich könnte erzählen, dass er mich heute besucht hat und dann wütend davongestapft ist. Mehr brauchen wir über seinen Tag hier nicht zu wissen«, sagte Jennifer.

Miss Graveley war alle Möglichkeiten durchgegangen und schüttelte nun den Kopf. »Nein. Dann bekommt vielleicht jemand anders die Schuld. Und jemand anders hat vielleicht nicht so einen guten Grund wie ich. Immerhin darf man aus Notwehr töten, oder?«

Sam stieß seinen Spaten wieder in die Erde. »Ich würde mir keine Gedanken darüber machen, ob jemand anders die Schuld bekommt«, sagte er. »Das könnte nur einem oder mehreren Unbekannten angelastet werden, wie so oft.«

»Woher wissen Sie das?«, fragte Miss Graveley. »Mir fallen mindestens zwei Menschen auf dieser Heide ein, die ein Motiv hätten, Harry umzubringen.«

Sam hielt inne, und diesmal ließ auch der Captain seinen Spaten ruhen.

»Weiter«, sagte Jennifer.

Miss Graveley lächelte entschuldigend. »Ich denke da nur an Motive im Sinne der Polizei – zunächst Sie, Jennifer, weil Sie mit ihm verheiratet waren.«

»Das ist sicherlich ein gutes Motiv«, stimmte Jennifer zu.

»Und Sams auch«, sagte Miss Graveley. »Jetzt.«

»Meins?«, fragte Sam. »Wieso sollte ich ihn umbringen wollen? Ich kannte ihn doch gar nicht.«

»Sie mussten ihn auch nicht kennen, um ihn umbringen zu wollen«, sagte Miss Graveley nachsichtig.

»Sie meint mich«, sagte Jennifer. »Nicht wahr, Miss Graveley?«

Miss Graveley neigte den Kopf. »Natürlich.«

Sam lachte wenig überzeugend. »Ich habe mich aber erst in Jennifer verliebt, als Harry schon tot war.«

»Erzählen Sie das mal der Polizei«, sagte Miss Graveley.

»Sie hat recht, Sammyboy«, schaltete sich

der Captain ein. »Sie leben schon lange hier oben im Wald ...«

Jennifer sagte: »Bei näherer Betrachtung sollten wir wohl lieber bei der Wahrheit bleiben.«

Die Männer schaufelten weiter, und ein besinnliches Schweigen senkte sich auf die Gruppe. Kurz darauf klaubten sie letzte Erdreste von Harry. Sie zogen ihn aus dem Loch und legten ihn daneben.

Harrys Blick war kalt in den kalten Himmel gerichtet, und durch das erdige Aroma drang der Geruch seines Haaröls.

»Igitt!«, sagte Jennifer.

Sam legte den Arm um sie, dann sagte er: »Wir müssen die Geschichte abstimmen. Zeitlich und so weiter. Wenn es mittags passiert ist, müssen wir uns überlegen, wieso die Polizei nicht schon vorher benachrichtigt wurde. Und dann sein schmuddeliger Zustand – der erfordert einige Erklärung.«

»Wir müssen ihn saubermachen«, sagte Jennifer. »Das ist schrecklich, aber es hilft nichts. Wir können nicht riskieren, Miss Graveleys Beichte zu gefährden.«

»Und was die Verzögerung angeht«, sagte Miss Graveley, »nun, die Begebenheit hat mich so aufgebracht, dass ich auf direktem Weg nach Hause gegangen bin, um mich hinzulegen.«

»Sehr nachvollziehbar«, sagte der Captain.

»Man wird finden, dass Sie ziemlich lange gelegen haben«, gab Sam zu bedenken.

»Macht nichts«, sagte Jennifer. »Miss Graveley kann ihnen erklären, dass sie Angst hatte, davon zu erzählen, beim Zubettgehen aber festgestellt hat, dass es ihr auf der Seele liegt, also ist sie wieder aufgestanden, hat sich angezogen und ist zu mir gekommen, um sich Rat zu holen …«

»Ein etwas merkwürdiger Zufall, oder? Ich meine, wo er doch dein Mann ist?«, sagte Sam.

Jennifer biss sich auf die Lippe und dachte nach. Der neue Captain packte Harry an den Füßen: »Na los, schaffen wir ihn nach Hause, wenn wir ihn saubermachen wollen. Fällt uns ja auf dem Weg vielleicht noch eine gute Geschichte ein.«

Sam nahm Harrys Schultern, und die kleine Prozession machte sich auf den Weg. Sie gingen langsam und träge über den Heideweg, während der Nebel sie umwirbelte. Unter der großen Eiche am Anfang des Bungalow-Wegs legten sie die Leiche ins taufrische Gras und hockten sich hin, um zu verschnaufen.

»Irgendwie wird er immer schwerer«, klagte Sam und holte eine halbe Zigarette heraus, während der Captain mit dem Daumen den Pfeifenkopf stopfte.

»Ruhig!«, rief Miss Graveley aus. »Da kommt wer!«

»Die Leiche!«, rief Sam. »Schnell weg damit!«

»Zu spät«, sagte der Captain. »Stecken Sie ihm die Zigarette in den Mund, Sam – na los!«

Nach kurzem Zögern bückte sich Sam und schob die glühende Zigarette zwischen die kalten, steifen Lippen. Alle vier duckten sich im Gesträuch.

Ein Mann kam des Wegs. Er ging langsam, als befände er sich auf einem Verdauungsspaziergang. Als er näherkam, erkannte der Captain den Landstreicher, der am früheren Nachmittag Harry ins Auge gespuckt und ihm Socken und Schuhe geklaut hatte. Der Landstreicher führte

Selbstgespräche, und es schien den Beobachtern, als würde er Harry womöglich gar nicht bemerken. Doch dann trat er gegen Harrys nackte Füße, die mitten auf dem Weg lagen. Er fluchte, bückte sich und blickte Harry ins Gesicht. Er trat Harry noch einmal, dann streckte er beruhigt die Hand aus, nahm den Glimmstängel aus Harrys Mund und steckte ihn in seinen eigenen.

Im Farn erschauerte Sam, und nur Jennifers Hand hielt ihn davon ab, herauszuspringen, um gegen diese Aneignung seines Eigentums zu protestieren.

Als der Landstreicher, etwas über Vergil murmelnd, weiterzog, kamen Sam und die anderen heraus und sahen ihm nach.

»Solche Menschen«, sagte Miss Graveley, »wissen nicht, was sich gehört.«

»Nehmen Sie Harrys Füße«, sagte Sam zum Captain.

Der Captain wollte gerade gehorchen, da hörten sie erneut Schritte, diesmal eilige.

»Das darf doch nicht wahr sein!«, sagte Jennifer verdrossen. »Anständige Menschen laufen nicht um ein Uhr nachts durch die Gegend.«

Sie hatten keine Zeit für irgendein Arrangement, bevor der Neuankömmling bei ihnen war. Es war ein großer dünner Mann mit einer Stofftasche unter dem Arm und einem Schmetterlingskescher über der Schulter. Er ging schnell mit gesenktem Kopf.

»Dr Greenbow!«, sagte Jennifer.

»Teufel noch eins!«, sagte der Captain. »Der Schmetterling hat ihn ja ganz schön rumgejagt. Zuletzt habe ich ihn vor acht Stunden gesehen, da verschwand er Richtung Nordnordost.«

»Guten Abend«, sagte Sam höflich, als der Doktor bei ihnen war.

Doch der Doktor antwortete nicht, denn er schlief tief und fest. Bevor sie eingreifen konnten, war er über Harry Leiche gestolpert und der Länge nach hingeschlagen, wobei der Kescher dem Captain in den Magen bohrte und die Tasche offen auf den Boden fiel. Der Doktor stand umgehend auf, wie einer, der es gewohnt war, aus dem Tiefschlaf geweckt auf der Stelle hellwach zu sein.

»Hallo!«, sagte er mit weit geöffneten Augen.

Sam trat hinzu und half dem Doktor auf die

Beine. Der Doktor sah Harry an. »Verzeihung, wie nachlässig von mir ...« Er unterbrach sich und blickte panisch um sich. »Meine Vanessa! Wo ist sie? Was ist mit meiner Vanessa passiert?«

»Sagen Sie's uns«, schlug der Captain vor.

»Sie entwischt mir!« Jäh warf sich der Doktor auf seine Tasche. Es war zu spät. Ein hübscher großer Schmetterling voller fröhlicher Farben kam schüchtern aus der Tasche gekrochen und schwang sich auf; er zögerte, probte den Flug, als sei er an die späte Stunde nicht gewöhnt. Dann flatterte er trunken übers Farnkraut und wurde flugs von Mondschein und Nebel verschluckt.

Mit einem verzweifelten Aufschrei folgte ihm der Doktor, dann verharrte er unsicher, spähte angestrengt in verschiedene Richtungen, und sein schmaler Kopf tanzte auf und ab wie ein Truthahn auf der Suche nach Würmern.

»Wo ist sie hin?«, fragte er untröstlich, nun wieder an die anderen gewandt.

»Jemand hat sie ausgeknipst«, sagte der Captain.

Der Doktor stöhnte, kehrte auf den Weg zurück und nahm Tasche und Kescher. »Den ganzen Tag«, jammerte er. »Den ganzen Tag lang habe ich sie gejagt.«

»Aber nicht auch noch die ganze Nacht, oder?«, fragte der Captain.

»Mehr oder weniger. Ich habe sie zehn Minuten und fünfzehn Sekunden nach neun gefangen«, sagte der Doktor betrübt. »Ich war so müde, dass ich eingeschlafen bin. Ich war Meilen von zu Hause fort. Dann bin ich aufgewacht, habe gemerkt, wie spät es ist, und habe mich auf den Weg gemacht. Ich muss im Gehen eingeschlafen sein. Ich kann mich nicht erinnern, so weit gekommen zu sein. Ich bin wirklich sehr müde. Entsetzlich müde.«

»Wie unerquicklich«, sagte Miss Graveley mitfühlend. »Vielleicht werden Sie morgen noch mal fündig.«

»Das würde mir den Rest geben«, sagte der Doktor. »Ich bin ziemlich erschöpft.« Er blickte auf Harry hinunter. »Ihr Freund offensichtlich auch.«

Sam und der Captain wechselten einen Blick; Sam nickte. Der Captain sagte:

»Würden Sie ihn sich einmal ansehen, Doktor? Wir glauben, ihm ist ein kleines Missgeschick widerfahren.«

Der Doktor bückte sich und fühlte Harry abwesend den Puls. Sein Blick wanderte müde übers Farnkraut, noch immer auf der Suche nach Vanessa. Er schwieg so lange, dass sie dachten, er sei wieder eingeschlafen. Da stupste Sam ihn in den Rücken.

»Was ist mit Harry?«, fragte er.

»Er ist tot«, bemerkte der Doktor trocken. »Schon eine ganze Weile.«

»Meinen Sie, es war ein Unfall?«, fragte Sam.

Der Doktor hob einen dürren Finger. »Woher soll ich das wissen? Der Tod ist so oft ein Unfall.«

»Aber können Sie uns nicht sagen, wie er gestorben ist?«, beharrte Sam.

Der Doktor gähnte und tippte sich höflich mit der Hand auf den Mund.

»Wir sollten ihn vielleicht irgendwo hinbringen, wo es heller ist«, schlug er vor.

»Gute Idee«, sagte Sam. »Kommen Sie, Captain, nehmen Sie seine Füße.«

So gut wie neu

Kurz nach ein Uhr früh traten sie nacheinander ins »Chaos«. Und da saß Abie in einem Sessel mit einer Pistole in der Hand und einem mutigen, wehrhaften Funkeln in den Augen. Als Sam ins Zimmer kam, besprühte ihn Abie mit einem Milchstrahl aus der Waffe.

»Abie.« Jennifer eilte zu ihm. »Was machst du da nur?«

»Ich bin aufgewacht«, sagte Abie. »Jemand hat geweint, da bin ich aufgewacht.«

Jennifer sah Sam an. »Das war bestimmt Mr Douglas.«

»Dann hat jemand gelacht, da bin ich wieder aufgewacht«, sagte Abie.

»Mr und Mrs D'Arcy«, sagte Sam.

Mit milder Neugier betrachtete Abie Harrys Leiche. Sein junges Gedächtnis regte sich beim Anblick des toten, vertrauten Gesichts. »Steh auf, Wüstling«, sagte er. Er richtete die Pistole auf Harry und sprühte ihm einen Milchstrahl ins Gesicht.

»Abie!«, sagte Jennifer, als sie der Miene des Doktors leichtes Erstaunen entnahm. »Lass das. Der Gentleman ist tot.«

»Er ist ein Wüstling«, schmollte Abie und holte sich den Milchkrug, um die Pistole aufzufüllen.

Der Doktor kniete sich zur Leiche, und die anderen scharten sich um ihn.

»Hm-hm«, sagte Doktor Greenbow und wischte Harry schwarze Erde aus dem Gesicht.

»Wie lautet das Urteil?«, fragte der Captain.

Miss Graveley erschauerte empfindlich. »Bitte nicht dieses Wort, Captain Wiles«, sagte sie.

»Er ist tot«, sagte der Doktor. »Schon eine ganze Weile.«

»Das wissen wir«, sagte Jennifer. »Können Sie uns nicht sagen, wie er gestorben ist?«

Sam, Jennifer, Captain Wiles und Miss Graveley wechselten besorgte Blicke. Obwohl sie beschlossen hatten, ein umfassendes Geständnis abzulegen, waren sie nicht erpicht darauf, damit anzufangen. Außerdem sorgte die Begegnung mit dem Doktor für weitere Komplikationen.

Nun mussten sie ihre Geschichte so hinbiegen, dass sie den mitternächtlichen Ausflug mit dem toten Mann erklärte.

»Es war das Herz«, sagte der Doktor. »Er hatte einen Infarkt. Dieses heiße Klima ...«

Sams Mund tat sich auf, und nichts kam heraus.

»Das Herz?«, fragte Jennifer.

»Ein Infarkt?«, fragte Miss Graveley mit enormer Erleichterung.

»Na, ich fahr zur See!«, sagte der neue Captain. »Natürliche Todesursache!« Er sank in einen Sessel und schlaffte ab.

Jennifer betrachtete ungläubig die Leiche. »Aber er hat immer damit angegeben, dass er in seinem Leben noch nie beim Arzt war!«

»Umso bedauerlicher, meine Liebe«, sagte der Doktor und richtete sich auf. »Sonst würde er vielleicht noch leben.«

»Welch schrecklicher Gedanke!«, rief Jennifer aus.

Der Doktor verstand sie falsch. In einer Geste professionellen Mitgefühls nahm er ihren Arm. »Haben Sie ihn gekannt?«

Jennifer nickte. »Ich war seine Frau«, bekannte sie.

Der Doktor sah Abie an, und sein Gesicht wurde mehrere Zentimeter länger. »Mein aufrichtiges Beileid«, verkündete er, »Ihnen und dem kleinen Mann.«

Abie legte ein zusammengekniffenes Auge an den Lauf seiner Waffe und zielte sorgsam. Als ein weiterer Milchstrahl Harrys Gesicht traf, sagte er: »Aufstehen, Wüstling.«

Der Doktor betrachtete Abie eingehend, dann rieb er sich die Augen. Plötzlich sah er sich zu den anderen um, und sein Gesicht wurde von einem Grinsen verzerrt. »Also, dies ist mein erster Albtraum seit Jahren.«

Sam steckte die Daumen in die Ohren und wackelte mit den Fingern in Richtung Doktor, wobei ihm die anderen verdutzt zusahen. Er reichte dem starrenden Medicus die Hand. »Kommen Sie, wir suchen Vanessa«, schlug er vor.

Der Doktor schnappte sich Kescher und Tasche und folgte Sam zur Tür. »Vanessa«, sagte er begierig. »Vanessa!«

Sam führte ihn aus dem Bungalow und den

Waldpfad hinauf, die anderen blickten ihnen nach. »Die Szene, die Ihnen am besten gefallen wird, wenn Sie aufwachen«, sagte er beim Gehen, »ist die, wo der kleine Junge die Leiche mit Milch besprüht.«

»Ja«, sagte der Doktor fröhlich glucksend. »Ja, ja, ja ...«

Als Sam zurückkam, glich das »Chaos« einer Dampfwäscherei. Harry lag ausgestreckt auf dem Tisch, seine Hose wurde von Miss Graveley abgeschwammt, sein Sakko von Jennifer gebügelt, und der Captain passte ihm ein Paar Schuhe aus seinem eigenen Bestand an.

Sam stand im Türrahmen und blickte wohlwollend auf die emsige Geschäftigkeit. »Ich sehe, dass ihr mich verstanden habt«, sagte er.

Jennifer nahm seinen Arm. »Ich habe ja einen schrecklich schlauen Verlobten«, befand sie. »Ich kam gerade ins Grübeln, wie wir dem Doktor das alles erklären sollten. Wie er wohl herausgefunden hat, dass es Harrys Herz war.«

»Seht euch das Gesicht an, nachdem ich es gewaschen habe«, sagte Miss Graveley. »Es ist blau!«

»Da war aber einer erregt«, kommentierte Sam.

»Zu spät«, sagte Jennifer. »Vor Jahren hätte er sich erregen sollen.«

Miss Graveley eilte wieder aus dem Zimmer. »Nun kommt. Machen wir ihn fertig.«

»Was habt ihr vor?«

»Ihn dort hinlegen, wo wir ihn gefunden haben«, sagte Jennifer, »damit Abie ihn morgen noch mal finden kann.«

»Und dann?«

»Kommt Abie her und erzählt es mir; ich rufe die Polizei, und alle sind glücklich.«

»Was ist mit dem Schnitt an seinem Kopf?«, fragte Sam mit kritischem Blick auf die Leiche.

»Das habe ich schon bedacht«, sagte Miss Graveley, als sie mit Harrys Hose ins Zimmer kam. »Ich werde Heftpflaster darauf kleben, dann glauben sie, dass es passiert ist, bevor er starb.«

Sam nickte beifällig. »Ich glaube, damit ist alles abgedeckt.«

»Dann bedecken wir jetzt Harry«, schlug der Captain vor. Er nahm Miss Graveley die Hose ab, und sie ging schnell in die Küche, um Heftpflaster zu holen.

Kurz darauf aßen sie zu Abend, während Abie im Zimmer nebenan leise schnarchte und Harry geschniegelt, gestriegelt und tot auf dem Sofa lag.

Ein neuer Tag

Der kleine Junge namens Abie ging den Waldpfad hinauf, der nach Sparrowswick Heath führte. Er neigte sich im spitzen Winkel zum steinigen steilen Weg, eine Spielzeugflinte fest unter den linken Arm geklemmt.

Er trat aus dem dunklen Tunnel des Waldpfads auf die breiten Heidewege. Prächtige, von einem Gewirr aus blauer Heide und wildem Löwenmaul gesäumte Wege; Wege, auf denen Kaninchen hoppelten, wenn die Sonne herauskam, auf denen Hasen an strahlenden Morgen unbekümmert, doch unbehelligt umherjagten. Dazu eine Million kleinerer Pfade, die überall kreuz und quer ohne Plan und Absicht flitzten und huschten, sich kräuselten und wanden, anstiegen und hinabstürzten. Pfade, die den Unbedachten in ein Gewirr aus Brombeeren lockten oder Liebchen an einen stillen Ort. Und Abie zu Harry.

Als er die Leiche dort liegen sah, war er überrascht und verärgert, denn er erinnerte sich genau, sie schon einmal entdeckt zu haben; war es morgen oder gerade eben? Er wusste es nicht. Der Mann lag ausgestreckt auf dem Rücken, und Abie wäre beinahe auf ihn getreten. Ein großer Mann mit Schnurrbart und welligem Haar. Auf der Stirn klebte ein ordentliches Heftpflaster, und in seiner Brusttasche steckte ein frisch gebügeltes weißes Taschentuch. Es war eine überaus makellose Leiche.

Abie zögerte, bevor er den Rückweg antrat. Er bückte sich und versuchte, die Leiche an den Schultern zu heben, aber das schaffte er nicht. Unschlüssig stand er da.

Auf der anderen Seite des Wegs, verborgen in Farn und Gestrüpp, beobachteten drei Menschen nervös den kleinen Jungen und hätten ihn gern angespornt, nach Hause zu laufen und es seiner Mutter zu erzählen. Bei den drei handelte es sich um Captain Albert Wiles, Miss Graveley und Sam Marlow. Endlich wandte sich Abie widerwillig um und trabte nach Hause, Gewehr im Schlepptau.

Als er weg war, drehte sich der neue Captain zu seinen Begleitern um und hob zwinkernd die

Daumen. Sam bedeutete ihnen lächelnd, auf den Weg hinauszutreten.

Sie genehmigten sich einen stillen Augenblick des Abschieds von der Leiche.

Miss Graveley wandte sich mit seligem Leuchten in den Augen an den neuen Captain. »Wie heißen Sie mit Vornamen, Captain Wiles?«

»Albert«, sagte Captain Wiles.

»Albert«, sagte Miss Graveley, »nimm meinen Arm.«

Captain Wiles nahm ihren Arm und neigte den Kopf zur Seite. »Hörst du die Glocken?«, fragte er heiter.

»Das sind keine Glocken«, sagte Sam und ging voran in den Wald. »Ich habe ein Orchester im Kopf – hört!«

Er sang: *I want to carve your name on every tree.*

Bald darauf waren sie verschwunden, aber das Lied blieb auf der Heide. Es verweilte im Farnkraut und auf den grünen Lichtungen, es erhob sich über die höchsten Äste der Bäume, und es flüsterte inmitten der blauen Heide und erfreute die Herzen aller kleinen Kreaturen.

Zum Autor und zu seiner Übersetzerin

Jack Trevor Story, geboren 1917, britischer Schriftsteller. Seine bekanntesten Werke sind *The Trouble with Harry* (das für den gleichnamigen Alfred Hitchcock-Film von 1955 adaptiert wurde), die Albert Argyle-Trilogie und seine Horace Spurgeon-Romane. Er starb 1991.

Miriam Mandelkow, 1963 in Amsterdam geboren, lebt als Übersetzerin in Hamburg. Zuletzt erschienen in ihrer Übersetzung im Dörlemann Verlag u. a. die Werke von Martha Gellhorn, Patrick Hamiltons Romane *Hangover Square* und *Sklaven der Einsamkeit*, Michael Frayns Roman *Gegen Ende des Morgens* und *Tobys Zimmer* von Pat Barker.

Zum Buch

Alfred Hitchcock machte den Roman mit seinem Film berühmt, nun erscheint er erstmals als Buch in deutscher Erstübersetzung von Miriam Mandelkow.

Abie ist vier und der Wald von Sparrowswick Heath sein Jagdrevier, wo er eines Spätsommertages nach einem lauten Knall einen Mann entdeckt: »Der Mann lag auf dem Rücken, und Abie wäre beinahe auf ihn getreten. Ein großer Mann mit Schnurrbart und welligem Haar. Er lag da, starrte in den Himmel und rührte sich nicht. Aus seinem Kopf sickerte Blut.« Der Mann namens Harry ist tot.

Lakonisch und mit bitterschwarzem Humor erzählt Jack Trevor Story die Geschichte von Harry und seinen vier Mördern.